Jan Wilm

ROR.
WOLF. LESEN.

Schöffling & Co.

Erste Auflage 2022

Satz: Fotosatz Amann, Memmingen
Druck & Bindung: Pustet, Regensburg
ISBN 978-3-89561-498-9

www.schoeffling.de
www.janwilm.de
www.wirklichkeitsfabrik.de

FÜR A.

Lesen. Das Lesen bietet einen unerschöpflichen Quell von Unterhaltung und Bildung und ist das Mittel, die Langeweile, die Kalamität der vornehmen Welt, zu verscheuchen. Für das Familienleben empfiehlt es sich, abendliche Lesestunden festzusetzen und über das Gelesene mit Ernst zu diskutieren. Das ist ungemein anregend, erweitert den geistigen Horizont, erstickt die Sucht nach dem Wirtshausbesuch und den Hang zu allerlei Allotria. Freilich kommt es sehr darauf an, was gelesen wird. – In der Wahl der Lektüre moderner Schriften sei man sehr vorsichtig. Schriften, die nicht zu denken geben, halte man fern, wähle solche, die zugleich das Wissen bereichern, den Charakter läutern und stählen, den Geschmack veredeln, gesunde Gesinnungen zum Ausdruck bringen und einflößen. Im Bett zu lesen ist keine gute Gewohnheit, auf alle Fälle darf nur eine wirklich gute, in keiner Weise aufregende Lektüre in Betracht kommen. Man gehe auch nie in den Kleidern zu Bett, es vermindert die Schlaftiefe. Auch vergrabe man den Kopf nicht zu tief in den Kissen und liege überhaupt möglichst, wie oben beschrieben, unparfümiert.

RAOUL TRANCHIRERS VIELSEITIGER GROSSER RATSCHLÄGER FÜR ALLE FÄLLE DER WELT

WOLFLUST · EINLEITUNG

Ich werde mir also die Einleitung sparen und sofort an die Sache herantreten.

PILZER UND PELZER

In meinen Träumen, wenn der Schlaf zum Träumen reicht, treffe ich mich manchmal wieder mit Ror. Immer am Meer, immer unter Luftschiffen, die wie Planeten im Himmel hängen, wie spitz zulaufende lange Fische, als läge der gesamte Himmel unter Wasser. In den trockenen Dünen stehen Häuserfassaden, durch deren leere Fenster und Türen der Blick frei wird auf den anderen Horizont. Immer rauscht oder faucht der Wind. Wir gehen nebeneinanderher, Spaziergänger am Rande des Meeres, wie früher, wenn wir den Mainzer Kupferberg entlangschlenderten, wo der als junger Mann aus der DDR Abgehauene nach 34 Umzügen quer durch die Republik seit der Zeit der Wiedervereinigung lebte.

Gemeinsam gingen wir damals an der alten Mainzer Stadtmauer entlang, deren brüchige Reste in die Welt collagiert schienen und auf eine lange vergessene Vorzeit verwiesen. Unser Ziel war immer das griechische Lokal Dionysos. Und Mittagessen. Ror bestellte immer Lammspieße, mit gebratenen Kartoffelscheiben, aber bitte ohne Salat. Die beiden Ouzos, die auf einem Silbertablett jeweils vor und nach dem Essen kamen, blieben beide mir überlassen. Ror trank kaum noch Alkohol. Manchmal lehnte er die Spirituose freundlich ab und sagte: *Den Schnaps trinkt mein Freund.*

Manchmal träume ich lange nicht von ihm und frage mich dann, wenn Ror mir einfällt, wo er jetzt wohl ist, was er jetzt wohl macht. Denn einer wie Ror – es geht mir immer so mit den Menschen meines Lebens, egal wie lange sie schon von der Ewigkeit verschluckt sind – einer wie Ror kann für mich gar nicht sterben. Wenn ich aber nach Träumen von ihm aufwache, ist der Tag immer leerer, als er war, bevor ich mich schlafen legte. Die Welt ist, auch wenn Ror mir immer bleibt, ausgehöhlter geworden, seit er am Montag, dem 17. Februar 2020 gestorben ist.

Wann immer ich von Ror träume, nehme ich nach dem Aufwachen eines seiner Bücher hervor und gieße etwas von seiner Sprache in mich hinein, als würde ich ein Reservoir auffüllen. Wolfsprache tanken. Über seine Worte und Reime halte ich Kontakt mit ihm, Kontakt mit dem Menschen, der diese Worte imaginiert und gesammelt hat, Kontakt mit dem Körper, der sie in der Zeit stillgestellt hat.

Die Gefährlichkeit der großen Ebene

Heute Nacht standen wieder, wie ausgeschnittene Objekte in einer der Tausenden Bildcollagen, die er sein Leben lang klebte, es standen wieder stumm die Luftschiffe über uns, *der Wind fauchte*, ich wachte verloren auf, fühlte mich gerädert wie nach einer Fernreise. Und nahm *Die Gedichte* zur Hand.

In seinem Sonett »Am oberen Rand des Topfes« aus dem Jahr 2009 begegne ich ihm, wie ich ihn kannte:

Seit zwanzig Jahren das vertraute Schnaufen
in Mainz im Müll im März im dritten Stock,
im großen Zimmer wo ich hock im trock
im trocknen Rock beim Dichten und beim Saufen.

Seit Jahren bin ich hier herumgelaufen,
wobei ich kalt an meiner Pfeife sog.
Ich lief zwei dreimal um den Häuserblock,
um Brot und Bier und warme Wurst zu kaufen.

Und zweimal dreimal viermal fünfzehnmal
lief ich in etwa achtundzwanzig Tagen
hinüber in das griechische Lokal

und saß danach mit angefülltem Magen
in Mainz im Müll im März ach: ganz egal,
im dritten Stock. Viel mehr ist nicht zu sagen.

Das Sonett ist ein sogenanntes Nachlassgedicht aus dem Zyklus *39 Gelegenheitsgedichte aus dem Nachlaß*, den Wolf, wie es sich in der Nachzeit nach Musil gehört, zu Lebzeiten veröffentlichte, nämlich in seinem letzten eigenständigen Gedichtband *Die plötzlich hereinkriechende Kälte im Dezember* (2015).

Die Welt des Gedichts ist mir vertraut. Das griechische Lokal, das große Schreibzimmer in der Wohnung im dritten Stock, in die mich Ror, wenn ich an der Tür klingelte, ganz gleich, wie oft ich schon dort gewesen bin, immer mit seiner freundlich-festen pfeifendunklen Stimme hochrief: *Dritter Stock.* Ich vermisse seine Stimme, und ich vermisse die Gespräche mit ihm, und wenn ich an ihn denke, reicht es mir manchmal nicht mehr, nur seine Literatur zu lesen, seine Collagen zu betrachten, seine Hörspiele zu hören. Es genügt nicht mehr, ihn zu lesen.

Ich möchte von ihm schreiben. Weil Schreiben für mich nicht allein Gedenken und Erinnern ist, sondern auch Feiern, ein lustvolles Ausleeren meiner Gedanken in die Sprache. Mag sein, dass das kitschig ist, aber ich habe nichts gegen Kitsch, auch nichts gegen Pathos. Ich fürchte mich nicht vor mir und meinen Affekten.

Meine besten Freunde sind Schriftstellerinnen und Schriftsteller. Manchen von ihnen bin ich niemals begegnet. Diejenigen, die ich das Glück hatte, persönlich kennenzulernen, sind immer Menschen, die mir nicht nur so nah sind, weil ich ihre Literatur lese und liebe, sondern weil wir ähnlich auf die Welt und vor allem auf uns selbst schauen. Weil die Sprache die Hand ist, mit der wir uns nach der Welt strecken. Und der Spiegel, der zwischen ihr und uns aufgestellt ist. Zumindest empfinde ich das bei den Schreibenden, die ich literarisch wie persönlich kenne.

Der Interessanteste unter ihnen, mit dem ich mich seit dem ersten Lesen auf eine beinahe osmotische Weise zu verstehen schien, war Ror Wolf. Zum ersten Mal begegnete ich seinem Werk während meiner Studienzeit, als ich mehr las, als zu studieren, und meist alles andere mit größerem Interesse als das, was ich für mein Studium zu lesen hatte.

Diese merkwürdigen, traumzaubernden, klargereimten Gedichte mit ihren konturscharfen Bildern, ihren aufgetürmten Adjektivhügeln und ihrer grotesken Komik waren die erste Tür, die ich in Wolfs Welten öffnete. Seitdem wollte ich aus dem einzigartigen Spiegelkabinett des

Wolfs, aus dem, was er als *Wirklichkeitsfabrik* bezeichnete, nie wieder weg.

In der Wohnung auf dem Kupferberg hing ein hellblaues Schild, auf dem geschrieben stand: ACHTUNG SIE BEFINDEN SICH IN RAOUL TRANCHIRERS WIRKLICHKEITSFABRIK. In der Wirklichkeitsfabrik seines Werks fühlte ich mich zu Hause, auch weil darin das immer wieder Gleiche immer wieder neu gemacht wurde. Weil Rors Œuvre auch ein Werk ist, das von bestimmten Bildern und Motiven immer wieder heimgesucht wird – als wäre sein Werk ein Traum, der wiederholt über dieselben Erinnerungsscherben schleift, in der Hoffnung, ihre Kanten zu runden und sie an etwas anderes anzufügen. Oder sie gänzlich zu verwandeln. Ich liebe seinen Schnee, sein Meer, seine Dunkelheit, das Wasser, die Elemente überhaupt, ich liebe die unendlichen Motive von Verschwinden und Wiederkehren, weil bei Ror Wolf selbst das Ende keine Dauer hat.

Ich hatte seit Langem den Wunsch, ein Buch über Ror zu schreiben. Doch ich zauderte, denn ich wollte nichts schreiben, was nach Literaturwissenschaft schmeckte, und schon gar nichts, was nach Kritik klang. Beckett hatte ganz recht, als er das Wort KRITIKER in seinem *Warten auf Godot* zum schlimmsten unter den Schimpfwörtern erhob. Wenn ich selbst als Kritiker arbeite, ist das immer auch eine Form der Selbstzerstörung.

Ich wollte also ein Buch, das ich am ehesten *für* Ror schriebe, nicht *über* ihn. Doch seit der Wunsch nach einem solchen Buch in mir gewachsen war, haderte ich beharrlich mit der Frage, wie dieses Wunschbuch über Ror aussehen sollte. Wie müsste es ausgestaltet sein, um nicht zu langweilen, allen voran nicht mich selbst? Es müsste ein Buch sein, das die Erfahrung der Lektüre von Ror Wolf auf eine Weise schildert, die nicht nur auf der inhaltlichen Ebene wiedergibt und erklärt, warum er für mich der wichtigste Schriftsteller seiner Generation ist und bleibt. Nein, mein Buch müsste diese für mich selbstverständliche Tatsache auch in die Form meines eigenen Buches einsickern lassen. Es müsste ein Buch sein, das sich der Vielseitigkeit seines Werks und seiner ungeheuerlichen Produktivität widmet, ohne die Verallgemeinerung des Fernrohrs und ohne die Kurzsichtigkeit des Mikroskops. Es müsste etwas Collage her, etwas Sprunghaftes, etwas Bruchstückhaftes, etwas Zerstückeltes, nein: etwas Zerschnetzeltes. Es müssten Kapitel her, die sich jeweils auf ein Genre oder Medium – Gedicht, Roman, Erzählung, fiktives Lexikon, Hörspiel, Film – konzentrieren und doch bruchstückhaft Schnipsel aus den jeweils anderen Medien und Genres einfügen.

Ein Buch, das einen Geschmack für Rors unvergleichliche Kunst vermitteln will, von der Einzigartigkeit, vom Humor, von der Groteske, vom Spaß und von den vorzüglich existenziellen Dunkelheiten seines Œuvres. Ein Buch, das seine Lesenden nicht primär in diesem Buch hält, sondern im Gegenteil dazu anstiftet, diese Seiten gelegentlich aus der Hand zu legen und in Rors Büchern zu blättern, so wie Ror es sich zeitlebens wünschte: ein köstlich zielloses, unsystematisches Durchblättern, das sich erlaubt, hier und dort wie zum Plausch mit seiner Literatur zu verweilen – und anschließend weiterzugehen, staunend darüber, was man gerade gehört, gelesen hat.

Mein Lieblingssatz Becketts, wenn eine seiner einprägsamsten Figuren einen Bienenstock betrachtet, in dem sich der Tanz dieses mythologischen Insekts vollzieht – dieser Satz trifft auch auf meine Lektüre von Ror Wolf zu: *Das ist etwas, was ich mein Leben lang studieren kann, ohne es jemals zu ergründen.* Molloy

Aus diesem Grund begebe ich mich in meinem Buch ins Wolfwerk nicht als Literaturkritiker, nicht als Literaturwissenschaftler und vielleicht nicht einmal in erster Linie als Schriftsteller, sondern: als Leser. Etwas anderes wollte ich ohnehin niemals sein.

Mein Buch über Ror Wolf ist ein Buch meines Wolflesens, meiner Wolflust, ein Buch meiner Lektüreintensitäten, meiner Hörverzückungen und Blickdelirien von Rors mehrmedialem Œuvre, ein Buch, das sich nicht in die Schnürleibchen von Interpretation oder Analyse einknoten lassen und keine chronologische Nachzeichnung der Werkentstehung leisten will, sondern ein Buch meiner Lust auf Wolfs Texte.

Rors Werk lese ich hier nicht, wie ich lese, wenn ich lesen *muss* (für eine Dissertation, für eine Kritik, eine Auftragsarbeit, einen Vortrag etc.), sondern wie ich lese, wie ich lesen *will*, wenn ich Lust habe auf Wort und Spiel, auf ästhetische Akrobatik. Impressionismus vor Systematik! Zerstückelung vor Gliederung! *Wir lesen einen Text (der Lust) so, wie eine Fliege in der Räumlichkeit eines Zimmers umherschwirrt: in plötzlichen, fälschlich definitiven, geschäftigen und unnützen Zickzackbewegungen.* Roland Barthes

Ich war immer enttäuscht von den Monografien der Literaturwissenschaft mit ihren implizierten Illusionen, da Lesen und Interpretieren für mich in den seltensten Fällen Ernst und Systematik besaßen und in den meisten

Fällen sowohl von Sprunghaftigkeit als auch von Ausgelassenheit geprägt waren. Es liegt mir nicht, einen Roman von Ror Wolf nachzuerzählen oder zu erklären. Doch im Gerüst meines Gedankengebäudes sind Bilder und Sätze und selbst einzelne Worte aus seiner Wirklichkeitsfabrik so unverbrüchlich verbaut, dass ich mich regelrecht verlieren würde, wenn sie mir fehlten, und dass ich glaube, ich werde sie bis an mein Lebensende nicht vergessen. Wie Ror selbst.

Als ich nachdachte, wie ich über Ror schreiben sollte, fielen mir eine Reihe von Büchern ein, die dem erratischen vor dem systematischen Zugang zu Literatur, dem Spielerischen sowie dem Spaß am impressionistischen Lesen Vorrang ließen und daraus etwas Eigenes und Neues machten. Zwei Weggefährten, die auf meinem Schreibtisch bei der Arbeit Platz hatten wie schnurrende Katzen waren Roland Barthes' *Die Lust am Text* und Nicholson Bakers Buch über John Updike *U & I: A True Story*, in dem Baker der festen Meinung ist, niemand lese so, wie es Kritik und Akademie unablässig vorgaukeln. Stattdessen lesen die beiden aus dem Herzen. Baker liest manchmal sogar aus dem Gedächtnis, versucht sich zu erinnern, was ihm von Updikes Texten im Sinn geblieben ist, ohne es in den Büchern nachzuprüfen.

Ich gestehe, ich konnte nicht widerstehen, Rors Gesamtwerk fürs Schreiben noch einmal zu verschlingen. Wo ich zitiere, zitiere ich buchgetreu. Doch ich wollte beim Schreiben träumen, schwelgen, assoziieren und Bakers wie Barthes' Impulsen nachgeben, ein Schreiben über Literatur zu versuchen, das einem Lesen gerecht wird, das mir gefällt und das auch Ror gefiel: zufällig, sprunghaft, manchmal gehetzt, manchmal stark verlangsamt, aber immer im Zwiegespräch mit dem Buch, immer mit Lust am Text.

Ich weiß nicht, ob die großartigen Ratschläger, die Ror unter seinem Pseudonym Raoul Tranchirer als Verballhornungen von Lexika veröffentlichte, in eine ähnliche Richtung zielen. Doch ich weiß, dass meine erste Liebe zur Literatur im Lesen eines Lexikons blühte, in der gleichzeitig allumfassenden wie zerstückelten Ansammlung von Dingen und Welt, die auf Ordnung aufbaut, aber Sprunghaftigkeit und Unordnung im Lesen zulässt und sogar dazu einlädt.

Ganz ohne Wegweiser schaffe ich es aber trotzdem nicht. Und damit wir im Wald dem Wolf begegnen können, braucht es ein paar ausgeworfene Brotkrumen. Ich streue sie nicht gradlinig, nein, ich gruppiere sie. Jedes Kapitel widme ich einem Genre oder Medium, in dem Wolf arbeitete. Ich unternehme Konzentrationen auf Einzelwerke innerhalb des riesigen Œuvres, werde aber den Blick auf das Ganze nicht verlieren, und auch nicht den Blick auf Ror selbst.

Die Vorzüge der Dunkelheit

Je mehr ich ihn lese, desto weniger weiß ich, ob ich etwas über ihn oder über sein Werk weiß. Aber manchmal weiß ich das natürlich nicht mal über mich selbst. Und Wolfs Figuren geht es häufig nicht anders. *Nichts weiß man von mir. Nichts.* Macht ja auch nichts. Erstens sind, wie Beckett wusste, jene Autoren die glücklichsten, von denen man nicht einmal weiß, ob sie wirklich gelebt haben. Und zweitens ist das Nichtwissen nicht nur der platonische Grundstein des Wissens, sondern Nichtwissen ist auch der Grundsatz des Lesens, zumindest der

Wilm'sche. Denn zuerst lese ich einen Text, weil ich noch nichts über ihn weiß, und dann lese ich ihn wieder, weil ich weiß, es ist ein Text, der mir eine neue Welt geschenkt hat, und dann lese ich ihn erneut, weil ich vergessen habe, was diese neue Welt war, oder weil ich weiß, ohne die Welt aus Text ist mir meine eigene Welt entweder zu fad oder einfach unerträglich.

Ror Wolfs Welten, die für mich die Weite von Borges' Mystik besitzen, sind mir immer ein bisschen schöner vorgekommen als die taubengraue Alltagswelt, in deren Cockpit ich gerade sitze und diese Sätze aneinanderreihe. Und während ich schreibe, bin ich in Gedanken eingetaucht in Rors Welten, obwohl ich gerade keines seiner Bücher aufgeschlagen bei mir habe. Seine Landschaften, seine Bilder, seine Wörter sind zu Teilen meines Kopfes geworden, ich trage sie in mir, ich nehme sie überall mit hin. Und einen Moment lang bin ich dann wieder wie im Traum bei ihm und höre ihn mit seiner festen Stimme zu mir sprechen wie in den Gesprächen, die ich 2019 mit ihm führte und die er mich freundlicherweise aufzeichnen ließ.

In meinen Gedanken hießen diese Aufnahmen immer DIE TRANCHIRER TAPES. In Rors Texten finden sich häufig Abwandlungen von Sätzen wie: *Davon später mehr*, oder: *Wir werden später darauf zurückkommen,* sogar wenn es nie dazu kommt. Als Robert-Walser-Leser kitzelte Ror mit diesen Wendungen ähnliche Beispiele aus Walsers Prosa heraus und trieb sie auf die Spitze. Walsers *Der Räuber* beginnt bekanntlich so: *Edith liebt ihn. Hievon nachher mehr.*

Auf die Tranchirer Tapes werde ich zurückkommen, es wird gar nicht mehr lange dauern: *Man lasse niemanden ohne zwingende Gründe länger warten, als nötig; auch gleichgültige Personen nicht. Und in dieser Beziehung sind, so merkwürdig es klingen mag, selbst Dienstmädchen und Chauffeure keine gleichgültigen Personen.* Wer mich also begleiten will bei meinem Spaziergang am Rande des Meeres durch die Traumwelten mit Ror Wolf, wer einsteigen will auf meiner Fahrt durch die Lüfte seiner Wirklichkeiten, der komme ruhig mit und lausche, wenn Tranchirer spricht, wenn Ror das Wort hat. Denn jetzt ist es gleich so weit.

Raoul Tranchirers Welt- und Wirklichkeitslehre aus dem Reich des Fleisches, der Erde, der Luft, des Wassers und der Gefühle

DIE GEFÄHRLICHKEIT DER GROSSEN EBENE, S. 68: Ebenso *Raoul Tranchirers Notizen aus dem zerschnetzelten Leben* unter dem Lemma »Cigarren«, 41: »Ich stand damals in einem schwarzen schlammigen Niederschlag, in einem fauchenden Wind, unter dem dunklen mit Beulen bedeckten Himmel.« Wen wundert's, dass der Wind so erregt-gereizt daherkommt, wenn einer das Raubtier schon im Namen hat?

MOLLOY, S. 234.

ROLAND BARTHES: *Die Lust am Text*, S. 43.

AUS DEN TRANCHIRER TAPES · ERSTER STREICH

Aus einem Gespräch vom 15. Februar 2019. Ich spreche Ror an auf einen Leitz-Ordner auf seinem Schreibtisch, in dem Manuskriptmaterialien mit Trennblättern geordnet sind.

ROR WOLF: Das ist eine Folge des Verfahrens, das ich für mich als Autor im Laufe der letzten 60 Jahre entwickelt habe: das Notieren unter bestimmten Rubriken von Einfällen, die mir in den Kopf kommen, die ich auftreibe, die ich, zum Beispiel irgendwo im Zug sitzend, aufschreibe und notiere, die ich dann aber zu Hause in diese Rubriken einteile und sortiert aufbewahre. Da macht man dann die erstaunlichsten Funde, wenn man darin liest, und man kann daraus wieder was Neues machen. …

JAN WILM: Funktioniert dieses Verfahren für dich ähnlich wie das Arbeiten an deinen Bildcollagen?

ROR WOLF: Jawohl! Das ist ganz ähnlich. Das hat sich auch durch die Arbeit an den Collagen entwickelt. Am Anfang hab ich so noch nicht gearbeitet. Als ich angefangen hatte mit Collagen, mit verschiedenen Bildteilen zu arbeiten, hab ich bald versucht, eine Sammlung anzulegen und auch die Sätze, Worte und Ideen auf diese Weise vorzubereiten. Für später. …

JAN WILM: Du hast ja auch wiederholt mit dem Gedanken gespielt, aufzuhören, Bildcollagen zu kleben, bist dann aber immer wieder zu ihnen zurückgekehrt.

ROR WOLF: Ich habe bemerkt, dass ich trotz allem Collagen weitermache.... Es macht Spaß, es sind kreative Entwicklungen. Nicht, dass jede Collage anders ist, das kann man gar nicht machen. Aber man hat ein Objekt und man arbeitet so lange daran, bis man glaubt, jetzt ist es fertig. Ist es nicht gelungen, dann legt man die Collage in eine Schublade.

Meine Textsammlungen hier haben ähnliche Qualitäten. Und wie gesagt, mein letzter Roman *Die Vorzüge der Dunkelheit* ist ganz aus einem dieser Textbände hergestellt worden. Wenn ich darauf hinweisen darf, dass ich an meinem ersten Roman *Fortsetzung des Berichts* ungefähr drei oder vier Jahre gearbeitet habe und an *Pilzer und Pelzer* mindestens zwei, dann ist mein Sammelverfahren heute natürlich zeitsparend, weil schon viel fertig ist. Es hat sich selbst gebildet. Ich habe *Die Vorzüge der Dunkelheit* in, sagen wir mal, vier Monaten geschrieben. Ohne dass ich mich totgearbeitet hätte. Ohne dass ich mich totgetrunken hätte. Das wäre ohne dieses Material nicht möglich gewesen.

TRANCHIREN · COLLAGEN

> Meine Bilder erscheinen, Bild um Bild, sie erscheinen wie Schnepfen in großen Bögen mit weiten Schwüngen im Verlaufe der Zeit
>
> FORTSETZUNG DES BERICHTS

Das Werk Ror Wolfs ist für mich am ehesten aus der Collage heraus zu denken. Die Collage ist dabei für mich das zentralste Verfahren, der innerste Aspekt nicht nur von Wolfs Werk, sondern darüber hinaus eines der Kernelemente aller ästhetischer Arbeit.

Wenn ich Rors Werk als Gesamtes lesen will, dann habe ich eine Collage im Kopf, und so versuche ich, meine Definition des Begriffs Collage als etwas möglichst Umfassendes zu denken: Die Collage als Sammlung von Zerstückeltem; die Collage als ein Kombinationsverfahren, das Brüche sichtbar macht durch die Nebeneinanderstellung von Unzusammenhängendem; die Collage als Mittel zur Bedeutungsgenerierung durch die Zusammenstellung von Unbekanntem. Das trifft auf bildende Kunstwerke zu, aber auch auf Texte, so wie seit Beginn der Moderne immer wieder Brüche und Risse Textlandschaften durchreißen, zum Beispiel bei einem Autor, der das Ende klassischen realistischen Erzählens markiert und gleichzeitig

Barthes den Beginn modernistischen Schreibens: *Flaubert: eine Art und Weise, den Diskurs zu schneiden, zu durchlöchern,* ohne ihn unsinnig zu machen.

Ich gehe aber noch weiter und gehe bewusst theoretisch ungenau vor, und ich denke die Collage viel umfassender, als es etwa die Reallexika und ästhetischen Theorien es tun, nicht allein, weil ich kein Theoretiker bin, sondern auch, weil der Collage ein ur-radikales und destruierendes Moment innewohnt, das einschneidend gegen das geordnete Vorgehen von allem Realismus rebelliert. Doch das Zerbrechen und Zerschneiden ist nur ein einzelner Teil

Reallexikon des Collageverfahrens als *Arbeiten mit Realitätsfragmenten.* Der Teil, der auf die Zerstörung folgt, ist die Neuordnung, die Kombination und Verschmelzung zu etwas anderem. So verschmelze ich theoretisch unsauber Bedeutungen von Montage und Kombinatorik, wenn ich im Gesamtwerk von Ror Wolf überall die Collage erkenne.

Damit bin ich nicht allein, noch ist diese Einsicht eine ganz revolutionäre, *sind doch im Gesamtwerk von Ror Wolf Montage und Collage wie bei keinem anderen Autor der Gegenwart das wesentliche Text und Bild generierende Verfahren bzw. das Kernmoment seiner kompositionellen Ästhetik, ob er nun Hörspiele macht, Bildcollagen herstellt, Prosa schreibt oder Bild- und Textcollagen in seinen Büchern wie der monumentalen* Enzyklopädie für

Michael Lentz unerschrockene Leser *kombiniert.*

Rund 4000 Bildcollagen hat Ror im Laufe seines Lebens geklebt. Bis zuletzt arbeitete er an diesen visuellen Kunststücken, und die Bildarbeit ist mit den Anfängen seines Schreibens verbunden. *Frühe Fingerübungen dieser Art gab es schon während der 50er Jahre. Einen heftigen*

Schub vermerkt Wolf für die Zeit in St. Gallen 1965/66 ›angesichts der Alpen‹, einen weiteren 1980/81, als in einem ›großen Rausch‹ (Wolf) Hunderte von Collagen parallel zur Arbeit an den Texten der Enzyklopädie *entstanden.*

Franz Mon

Alle Bildcollagen, die vormals Unzusammenhängendes verkleben, so wie es sich nach dem Wortstamm des französischen »collager« (kleben) eben gehört, sind auf der Rückseite von ihrem Autor signiert und datiert. Manche weisen drei oder vier gelegentlich viele Jahre auseinanderliegende Daten auf. Nein, falsch: die Bildcollagenrückseiten sind nicht eigentlich von ihrem Autor signiert, sondern von ihren *Autoren*. Denn auf allen Collagen finden sich immer zwei Namen.

Neben der wie Wasserwellen oder eine Arztunterschrift aussehenden Signatur »ror wolf« sind die Collagen gestempelt mit einem ovalen, wie ein gestauchter Donut scheinenden Siegel. Zwei Kreise, die in der Mitte ein Loch lassen, und in dem sich ergebenden ovalen Band steht oben *Raoul Tranchirer* und unten *Moritaten & Collagen*.

Die Collage in Rors Werk ist so zentral, dass sie selbst Teil seines Namens – seiner *Namen* – darstellt. Denn Ror Wolf ist vor allem Raoul Tranchirer. Und der Häckselkünstler und Zerschnetzelspezialist Raoul Tranchirer, Rors Pseudonym, Rors Alter Ego, ist, wie die erste intensivste Schaffensperiode der Bildcollagen, eng mit der Schweiz verbunden. Zumindest einem Gedicht von 1966 nach:

Ankunft in Basel 21 Uhr 40

Hier angekommen aus Sankt Gallen speis ich,
ans Licht gekrochen, Alter vierunddreißig,
ein Eis, bedeckt gewittrig, deshalb schmeiß ich
den Löffel nicht ins Korn und nicht ins Reisig,
zwölf Grad jetzt in der Nacht: Tranchirer heiß ich,
ach alter Junge lieber Gott was weiß ich.

Als ich zu Ror einmal sagte: *Raoul Tranchirer ist also Schweizer*, lachte er, erhob aber den rechten Zeigefinger und sagte: *Zur Hälfte Frankfurter.*

Geboren wurde jene Persona aus Rors Kosmos, die am ehesten seinem Collagen-Geist zuzurechnen ist – geboren wurden Name und Kunstfigur Raoul Tranchirer etwa zehn Jahre vor dem Aufenthalt in der Schweiz, wo Rors Frau Erika eine Stelle im Marketing annahm. Mitte der 1950er-Jahre kam Raoul Tranchirer in Frankfurt am Main zur Welt, wo Ror Wolf seit 1954 an der Johann Wolfgang Goethe-Universität unter anderem bei Theodor W. Adorno und Walter Höllerer Literatur, Philosophie und Soziologie studierte. Pläne, bei dem Germanisten Kurt May eine Dissertation über Humor im Werk von Franz Kafka zu schreiben, verwarf er bald, auch weil die eigene schriftstellerische Arbeit sich in den Vordergrund schob. Zum Glück.

Das Studium ist dennoch von Bedeutung für Rors künstlerische Arbeit, da sich in der Studierzeit erstmals die Möglichkeit zum Publizieren eigener Texte ergab. Und so wie Ror seinen Raoul Tranchirer später in das Gedicht »Ankunft in Basel 21 Uhr 40« und somit in die Welt der Wirklichkeit einschrieb, so begann er schon während der Studienzeit, sich in die Literatur einzuschreiben.

Damals war Ror für die Studentenzeitschrift *Diskus* als Redakteur und Autor tätig, in der er unter anderem Rezensionen zu Literatur, zum Film und zu seinem geliebten Jazz veröffentlichte, bevor er darin mit ersten literarischen Texten und Bildcollagen debütierte. *Diskus* war 1951 gegründet worden und trug damals noch den trockeneren Namen *Frankfurter Studentenzeitung*, war aber schon in *Diskus* umgetauft worden, bevor der erste Jahrgang im Druck war. Im Goldenen Zeitalter des Wirtschaftswunders wurde Rors Tätigkeit für die Studentenzeitschrift übrigens nicht schlecht bezahlt. Erstmals verdiente er Geld mit seiner Kunst. Der lang gehegte Wunsch, als freier Autor zu leben, rückte etwas näher.

Im Rahmen seiner Publikationsarbeit für den *Diskus* geschah es dann auch, dass sich der Autor nicht nur einen, sondern gleich zwei Künstlernamen zulegte. Beide Namen sind eng verflochten mit dem lebenslang und kunstlang wichtig gebliebenen Motiv der Collage, mit dem Verfahren des Zerteilens und Zerschneidens, das die verschiedensten Dimensionen seines Œuvres zusammenklebt. Der Bruch innerhalb der einzelnen Werke schafft motivisch den Zusammenhalt des Gesamtwerks.

Im *Diskus* erschienen zunächst einige Texte unter Rors bürgerlichem Namen Richard Wolf. Allerdings gab es zur damaligen Zeit bereits einen mehr oder weniger bekannten Autor namens Richard Wolf, der von 1900 bis 1995 lebte und von 1958 bis 1965 Direktor des Goethe-Instituts war. So zerlegte der Autor, dessen vollständiger Name Richard Georg Wolf lautete, seine beiden Vornamen in Einzelteile und collagierte sich zu **R**ichard Ge**or**g **Wolf**.

Bald publiziert er im *Diskus* nicht mehr nur unter dem Namen Richard Wolf, sondern unter dem Kürzel »R. W.« und schließlich unter dem Mononym »rorwolf«, bevor er Anfang der 1960er-Jahre seine ersten Prosatexte als »Ror Wolf« veröffentlicht.

In dieser Anfangszeit des Schreibens geht darüber hinaus aber auch ein Bruch durch Wolfs öffentliche Schriftsteller-Persona, denn während er seine bürgerlichen Vornamen zerschnitt und hinter sich ließ wie die ehemalige Heimat in der DDR, trennte er zwei in seiner Brust schlagende Schreibseelen: Den Autor von Prosa und den Autor von Gedichten und Bildcollagen. Denn die Moritaten und verstreuten Bilder, die zur selben Zeit im *Diskus* erschienen, veröffentlichte er unter dem Namen, der das Zerstückeln auf noch andere Weise in sich trägt, als es *Ror Wolf* tut: **Raoul Tranchirer**.

Ror beteuerte, der Name Tranchirer sei eine verformte Spiegelung des Namens *richard* – bɿɒʜɔiɿ – *drahcir* – *tranchir* – *Tranchirer*. Es ist nicht auszuschließen, dass sich dahinter eine nachträgliche Interpretation verbirgt, denn der Name passt schlicht und ergreifend bestens zu einem Collageur. Der geschnetzelte Name tritt Anfang der 1960er-Jahre in Erscheinung, als eine Reihe von Moritaten und Bildcollagen unter dem Namen »Roul Tranchirer« publiziert werden. Damals fehlte dem Vornamen noch das »a«, das vielleicht dem poetologischen Tranchierbesteck seines Besitzers zum Opfer gefallen ist. Später fügte er das »a« wieder ein, wenngleich selbst der tranchierte Nachname eine subtile Zerlegung des deutschen

Wortes »tranchieren« bedeutet, wurde doch sogar dem Namen des Zerteilers ein »e« herausfiletiert, so wie in seinem ersten Gedicht »mein famili« von 1959 der Familie das »e« verlustig gegangen ist, und einer Reihe von Worten noch so manch andere Buchstaben und Silben.

Diese Detailschau hat ihren Sinn, da gerade die feine Ziselierung von Wort und Bild Rors Ästhetik bestimmt. Er ist kein grober Schlachter, wie es viele der Sprachzerhacker und Bilderzerreißer unter den Dadaisten waren (die nicht Dadaisten genannt werden wollten, weil sie Ismen ablehnten wie Ordnung und Gehorsam). Nein, Ror ist ein feinerer Zerschneider, ein Chirurg an Wort und Bild.

Raoul Tranchirer wurde zum Collagisten in Rors Biografie, wie er bald auch zum collagierenden Enzyklopädisten wurde. Die Tranchirer-Ratschläger, die *Enzyklopädie für unerschrockene Leser*, sieben enzyklopädische Bände, erschienen zwischen 1983 und 2014, sind das Kraftzentrum der Bildcollage in Rors Œuvre, da diese *Lexikonsimulate* die Bildcollagen am wirkungsvollsten zum Teil Mon
der Textwelten werden lassen, die Texte konturieren, illustrieren oder unterlaufen. Bildlich, aber auch textlich arbeiten die Ratschläger mit vorgefundenem Material und persiflieren die Systematisierungswut und den Stereotypisierungswahn von Lexika früherer Jahrhunderte.

Die *Enzyklopädie für unerschrockene Leser* wurde unter dem Namen Ror Wolf publiziert, alle Bände tragen aber im Titel einen Verweis darauf, dass ihr eigentlicher Autor Raoul Tranchirer ist: *Raoul Tranchirers vielseitiger großer Ratschläger für alle Fälle der Welt* (1983; erweitert 1999); *Raoul Tranchirers Mitteilungen an Ratlose* (1988; erweitert 1997); *Raoul Tranchirers Welt- und Wirklich-*

keitslehre aus dem Reich des Fleisches, der Erde, der Luft, des Wassers und der Gefühle (1990); *Tranchirers letzte Gedanken über die Vermehrung der Lust und des Schreckens* (1994); *Raoul Tranchirers Enzyklopädie für unerschrockene Leser & ihre überschaubaren Folgen* (2002); *Raoul Tranchirers Bemerkungen über die Stille* (2005); *Raoul Tranchirers Notizen aus dem zerschnetzelten Leben* (2014).

Damit geht Ror von Anfang an mit seinem Pseudonym auf eine Weise um, die das Konzept Pseudonym dekonstruiert, zerschnetzelt. Die Offenlegung des Pseudonyms ist anders gestaltet, aber verwandt mit einigen weiteren modernen und postmodernen Pseudonymikern: Kurt Tucholsky, der seine Pseudonyme in der Zeitschrift *Die Weltbühne* in Streitgespräche eintreten ließ; Søren Kierkegaard, der für verschiedene Werke verrätselte sprechende Namen als Autoren verwendete und sie in seinem Werk ausstreute; oder Stephen King, der seinem Pseudonym Richard Bachman nicht nur eine eigene Biografie (mit Foto auf den Buchumschlägen) verlieh, sondern das Alter Ego schließlich umbrachte.

In der Moderne und Postmoderne ist die Verwendung eines Pseudonyms oft Dekonstruktion oder Spiel mit dem Schleiernamen und gleichzeitig ein bewusster Hinweis auf die Brüchigkeit und Dualität des Ichs. In Rors Anwendung des Collageverfahrens auf sein eigenes Pseudonym reiht er sich in das dekonstruierende Dopplungsspiel ein. Vom kleinsten Teil, der Namen seiner Autorschaften, bis hin zum größten Teil, dem gesamten künstlerischen Werk, ist das Wolf'sche Œuvre von zwei zuwiderlaufenden, aber verbundenen Aspekten der Collage geprägt: der Zerstörung und der Ordnung.

Das wie ein fortlaufendes Lexikon aus Texteinträgen und Bildcollagen aufgebaute Lebenswerk *Enzyklopädie für unerschrockene Leser* suggeriert durch die Alphabetisierung der Einträge ein verständliches Ordnungssystem und präsentiert auf jeder Seite kurze bis kürzeste Artikel mit Titeln von allem wie »Bierglasscherbe« (2002), »Gummimann« (2002), »Kinoseuche« (1983), bis hin zu »Körperränder« (2014), »Prügelstuhl« (1990) oder einfach nur »Sprache« (1990). Immer wieder sind diese Textteile ergänzt oder durchbrochen von Bildcollagen und Einzelabbildungen, sodass sich neben der textuellen Reihung auch eine Serie der Collagen ergibt.

Jede Reihung ist aber zusammenhängende Serie und unzusammenhängende Stückelung zugleich. Die Alphabetisierung meiner eigenen Beispiele deutet selbst eine serielle Ordnung an, dabei stammen die schönen Wörter und die Einträge, auf die sie verweisen, nicht nur aus verschiedenen Teilen der *Enzyklopädie*, sondern auch aus ganz unterschiedlichen Schaffensphasen von Ror Wolf.

Wie in jedem Lexikon sind auch in der *Enzyklopädie* die Lexikonsimulate hintereinander in alphabetischer Reihenfolge angeordnet; sprachlich weisen sie zwar gemeinsame Elemente auf, verweisen dabei aber auf völlig unzusammenhängende Phänomene. Wie ein zerschnittenes Bild, das zu einem neuen Gebilde zusammengeklebt wird, verweist die *Enzyklopädie* für mich daher immer auf die Zerstörung der Wirklichkeit und der Welt in eine Neuordnung des Wissens hinein. Das Wissen, als Archiv wie als Gedächtnis, ist mir immer auch wie eine Collage vorgekommen. Selbst meine Gedanken zerstören und ordnen die Dinge, verwischen und verschmelzen sie, als wäre mein Geist immer auch ein wenig Tranchirer.

Die Dynamik des Paars Ordnung/Zerstörung wird in Rors *Enzyklopädie für unerschrockene Leser* sogar noch deutlicher, wenn verschiedene zusammengruppierte Einträge durch eine nachgestellte, genauere Beschreibung noch einmal seziert werden. Somit führen sie beim Lesen mitunter in gedanklich gegensätzliche Richtungen, zum Beispiel: »Gegenstände, steckengebliebene« (1983), »Hotel, klimatisiertes« (2014), »Welt, Ende der« (1990).

Selbst diese Nachstellungen fungieren wie kleine Dekonstruktionen, zarte Zerstörungen, die im Lesefluss etwas Neues erschaffen. Ich überdehne die Metapher der Collage also nur ein bisschen, wenn ich sage, dass das Paar Zerstörung/Ordnung in allen Aspekten von Rors vielgestaltigem Werk vorzufinden ist, nicht allein in seinen visuellen Arbeiten.

Das Enzyklopädie-Gesamtwerk des Tranchirer ist für mich ein Scharnier zwischen visueller und sprachlicher Arbeit. Rors *Enzyklopädie* ist nicht zu denken ohne seine Collagen als Bildobjekte, da in ihren Bänden am deutlichsten die beiden Medien Bild und Text ineinandergreifen. Die Collagen sind nicht nur als bildliche Beigaben oder Illustrationen mit den Texten verschränkt, sondern treten als ästhetisches Prinzip und als generelles Arbeitsverfahren des Autors zum Vorschein.

Während eine Reihe von Rors Büchern seine Bildcollagen häufig als entzückendes Beiwerk beinhalten, so sind Wolfs Bildarbeiten für die *Enzyklopädie* von bedeutungstragender Wichtigkeit, da die Collagen oft in den Fließtext der Lemmata eingebaut sind oder als Illustration wie Irritation dienen. In einer Nachbemerkung zum Ror-Wolf-Werke-Band *Raoul Tranchirers Enzyklopädie für unerschrockene Leser Band II* (2009) heißt es: *Außer Worten enthält das Buch etwa 230 dem Text beigegebene Abbildungen und zwar für alle diejenigen Fälle, wo es notwendig war, der Erklärung mit einer beigefügten Illustration zu Hilfe zu kommen.*

Wolf

Gleichwohl ist das Nachwort des Verfassers zumindest teilweise als ausgefuchste (ausgewolfte) Finte zu lesen, da gleich nach dem erklärenden Satz über die Illustration eine ironisierende Irritation folgt, wenn das ernste, erklärende Register aus dem Reich des Realismus durchbrochen wird: *Am Ende sei mir ein letzter Rat an alle Damen und Herren gestattet, die meine Werke besitzen: sie sollten sich unverzüglich zusammentun, um in ihrem Bereich einen Wirklichkeitsverein zu gründen. Diese Vereine sind nicht nur lebensfähig, sondern gehören inzwischen zu den aussichtsreichsten Verbänden des Westens, wie man in Städten wie Mol, Waremme und Genk beobachten kann.* So wie der echte Wolf und der pseudonyme Tranchirer in dieselbe Wirklichkeit gehoben werden, mischt Ror hier seltsam anmutende, aber real existierende belgische Ortsnamen, die in seinem Werk von Bedeutung sind, in die Wirklichkeit, aus der heraus der Nachwort-Verfasser vermeintlich spricht. Die dadurch erzeugte Irritation ist dabei vor allem eines: komisch, humorvoll.

Doch genug Irritation, mehr Illustration. In der *Enzyklopädie für unerschrockene Leser* wirken Rors Bildcollagen tatsächlich mitunter illustrierend, tragen dabei aber immer augenzwinkernde, humorvolle Züge oder würzen die Illustration selbst mit einer Prise Irritation – und wenn nur dadurch, dass die Collagen unzusammenhängende vorgefertigte *Realitätsfragmente* neu zusammenkleben. Ein Beispiel aus *Raoul Tranchirers vielseitiger großer Ratschläger für alle Fälle der Welt*: Folgende Artikel stehen gemeinsam beieinander: »Brot«, »Brot, gutes«, »Brotfrage«, »Brotwasser«. Illustrierend-irritierend beigegeben ist dem Text eine Bildcollage mit der Fotografie eines Kastenbrotlaibs, so gestochen scharf, dass sogar die einzelnen Luftlöcher im aufgebackenen Teig erkennbar sind. Auf der rechten Seite des Bildes (zur Linken des Brotes?) steht ein Mann aus dem 19. Jahrhundert in Abendgarderobe: Anzug, Weste (inklusive Taschenuhr), weiße Schleife, ernster Blick (inklusive Menjou-Bärtchen). Der Mann lehnt sich mit ausgestrecktem rechten Arm an dem Brot an, als wäre die Backware ein Gebäude. Der Mann reicht nicht einmal bis zur Hälfte des gigantischen Teigkastens. Die Abbildung ist in gebrochener Schrift untertitelt: *Ein Laib Brot, 14 Tonnen schwer.*

Wie alle im Laufe seines Lebens angefertigten Bildcollagen, ist auch dieses Beispiel so sauber geschnitten und geklebt, dass die Collage auf den ersten Blick wie eine realistische Fotografie anmutet. Selbst die zwei Phrasen verschmelzende Textzeile lässt keinen Schnitt erkennen. Die Kanten, die Bruch- oder Schnittstellen der aus verschiedensten Bildquellen zusammengetragenen Collage-Einzelteile sind bei Ror immer unsichtbar. Als glücklicher Besitzer einer dieser Bildcollagen kann man sich vergewissern, dass die Schnittkanten allenfalls fühlbar sind.

Dies nähert Rors Bildcollagen an die Collagearbeiten seiner Kollegen Max Ernst und Peter Weiss an, die ebenfalls Wert auf den verdeckten Schnitt legten und dennoch die Brüche durch Kollision von Unpassendem sichtbar behielten. So stehen Rors Bildcollagen in einer Tradition, die anders verfährt als beispielsweise der große Wandschirm von Hans Christian Andersen, der die Bruchlinien einzelner Bilder eindeutig offenbart, oder die Textcollagen von Herta Müller, wo die optisch kenntlich gemachten Brüche zum Bestandteil des zerstückelten und neugeformten Sprachobjekts werden.

Gleichwohl verhält es sich mit dem *auf Max Ernsts Schultern balancierenden Collagenwerk Ror Wolfs* nur auf den ersten Blick traditionskonform, und Rors Collagen verdienen zweifellos einen zweiten Blick. Max Ernst, der mit dem Loplop oder Vogeloberen Horneborn sein eigenes Alter Ego in Form eines Mischwesens aus Mensch und Vogel vom Reich der Kunst in die Wirklichkeit seines Autors holte, schuf in seinen Collagen primär fabelwesenhafte Kreaturen, die sich in Surrealismus und Dada tummeln: insektenäugige Menschenwesen, Frauen mit Fischköpfen und Geschöpfe, die durch die Materialkombination zu deformierten Körpern werden und eine fantastische Ästhetik des Hässlichen inszenieren.

Die Bedeutungen von Surrealismus und Dada sind in Rors Werk spürbar, besonders durch das Bruch-Beharren, durch die Insistenz auf die Verbindung von Unverbundenem, durch die auch ideologisch bewusste Einebnung von Hoch- und Populärkultur sowie von Sprachregistern. Die Anlässe zur Kunstarbeit beschrieb Ror einmal mit explizitem Verweis auf die alles verschlingende Kombinatorik: *Anlaß sind überall kleine und kleinste Stoff- und Sprachpartikel, die mich reizen und anstoßen, die ich notiere, die sich wie von selbst zusammendrängen und Beziehungen anknüpfen wollen. Es sind die Einfälle, die mir in den Kopf kommen: es sind die Fundstücke aus meiner Umwelt, Satzstümpfe und Wortbrocken, Fetzen aus Prospekten, Journalen, Katalogen; Textstücke aus Kolportageheften und Groschenblättern; Gebrauchsanweisungen auf Suppenbeuteln, Schlagzeilen, Werbesprüche. Es ist der ganze Wortschwall der Gesellschaft, die vor meinen Augen mit verteilten Rollen auftritt; Fachjargon und Tonfall der Bürokratie, Müll der Redensarten und das flaue Gemurmel der Politik. Es ist das, was ich täglich aufschnappe, was ich finde, was über mich herfällt; das, was ich an Erinnerungen mitschleppe, was sich in meinem Bewußtsein reibt: Erfahrungen, Reflexionen, Traumreste, Phantasmagorien. Alles wird nach seinem Gebrauchswert abgeklopft, gebündelt, gespeichert; auch und gerade das, was früher unter den Tisch fiel: das Unnütze, Wertlose, Banale.*

Meine Voraussetzungen

Trotz der Einreihung in bekannte Traditionslinien der literarischen Moderne ist Rors Ästhetik eine singuläre. Die beispielsweise dem Dada-Collagieren häufig eigene Rohheit der brüchigen Anschlüsse ist Rors formschöner Bildästhetik, seiner klaren Sprache und harmonischen Wortmusik bei allem wilden Zusammenschaufeln fremd, und die explizit politische Anarchie vieler frühavantgardistischen Iterationen sucht man in Rors Werk vergebens.

Doch wie bei Ernst werden in Rors Bildwelten trotz der Schnittkantenreinheit die Brüche offenbar durch die inhaltliche Kombinatorik oder figürliche Kontrastierung. Eine Spinne ist so groß wie ein Elefant, eine Springmaus größer als zwei Rotkäppchen-Mädchen. Der Bruch entsteht nicht dadurch, dass die sichtbaren Kanten der Objekte in den Raum hineinragen, so wie es etwa in den

Combine Paintings von Robert Rauschenberg oder den Collagen mit fotografischen Übermalungen und Zusätzen bei Boris Lurie der Fall ist.

Es lohnt sich, noch einen Moment *ex negativo* vorzugehen und weitere Unterschiede zu Max Ernst auszudeuten, da die eindeutige Traditionslinie von Ernst zu Wolf häufig reflexhaft hingenommen wird. Ernst war *selbst von einem starken unterschwellig literarischen Impuls bewegt* und nutzte viele seiner Bildcollagen, anders als etwa seine Décalcomanie-Werke, häufig narrativisch. Besonders deutlich ist der erzählende Zug in Ernsts Versuchen, Romane von der Sprache zu lösen und Narrative durch Bildcollagen zu erzählen, auch wenn darin ein Aushöhlen klassisch realistischen Erzählens vollzogen wird und diese Romane als Narrative vielleicht letztlich unlesbar bleiben. Anders als bei Ernst existiert in Rors Bildcollagen für mich niemals der Impuls, mir etwas aus den Bildkompositionen herauszuerzählen. Seine Collagen sind für mich das Gegenteil von Erzählungen.

Bei Ernsts Collageromanen legt die paratextuelle Ausweisung als *Roman*, verbunden mit der montagehaften Reihung mehrerer Collagen ohne Textintermezzi, einen visuellen Erzähldrang offen oder stimuliert eine erzählende Interpretation im Geist der Betrachtenden. Rors Bildwerk funktioniert für mich anders. Da seine Bildcollagen in den Büchern immer auf Texte treffen, entstehen für mich keine fließenden Erzählkräfte. Stattdessen wirken die Bildcollagen auf mich immer wieder wie Unterbrechungen im Text, als wären sie Leerstellen, Löcher oder Lakunen darin, allein weil sie meine Aufmerksamkeit anders anziehen als Sprache, weil ich Bilder anders lese als Sätze. Ganz besonders ist dies der Fall in all jenen von Rors Werken, die außertextlich eindeutig als Erzählwerke definiert sind und darüber narrativische Strukturen aufweisen, wie der »Horrorroman« *Die Vorzüge der Dunkelheit*. Die darin eingeschobenen Bildcollagen unterbrechen den Fluss der Worte, und die Textteile wiederum unterbrechen die Abfolge der Bildcollagen – erfrischende Sorbets zwischen den Gängen der einzelnen Kapitel.

Trotz ihrer Komplexität und ihrer bisweilen ungeheuerlichen Undurchdringlichkeit signalisieren Ernsts Collagen dagegen immer die surrealistisch bedeutende Dimension des Symbolischen. Bei der Betrachtung seiner Bilder erscheint es mir immer, als sollte mir etwas zu verstehen gegeben werden, das sich mir jedoch auf geheimnisvolle Weise verschließt. So konfrontiert Ernst mich mit der Undurchdringlichkeit und Absurdität des Seins und mit der Unlesbarkeit der Existenz. Das ist nicht ganz reizlos. Doch bei aller Brillanz von Ernsts Bildlichkeit funktionieren seine Gemälde für mich ganz anders als seine Collagen. Ernsts Collagen von Mischwesen und symbolgeladenen leblosen Dingen provozieren für mich stets eine Ebene von Bedeutung und Erzählung, die besonders seine abstrakteren Gemälde für mich niemals aufweisen.

Der Vorzug der Bildcollage, wie ich ihn hingegen bei Ror so oft vorfinde, scheint mir immer darin zu liegen, dass das Figürliche in die Abstraktion überführt wird und der grundlegende Erzählimpuls zugunsten anderer Affekte unterdrückt werden kann. Gedanklich vom Symboldrang befreit, habe ich beim Betrachten von Rors Bildcollagen die Gelegenheit, allein die formschöne Gestaltung der Werke auf eine vorinterpretatorische Weise zu bewundern und zu genießen. Die Bildcollagen sind, was sie sind, wie der Vogel in einem Artikel der *Enzyklopädie für unerschrockene Leser* aus dem Spätwerk: *Der Flamingo ist der Flamingo, nichts Anderes, nichts Schöneres, nichts Besseres und nichts Schlechteres.* Rors Ästhetik entzieht seine Werke – die bildlichen, sprachlichen und klanglichen – einer vorschnellen Interpretationslogik durch die Hervorkehrung ihrer magischen Materialität *(denn es gibt auch Magie der Materie).*

Raoul Tranchirers Bemerkungen über die Stille

Walter Benjamin

Gleichzeitig gibt es keine Denkverbote, wer sollte sie auch aussprechen? Die verrätselte, unheimliche und kosmisch komische Gestaltung der Werke macht eine vielfältige Interpretation naturgemäß immer möglich, und manchmal wird sie im Nachhinein nachgerade provoziert und produziert manche Nachfreude. Zu seinem ersten Hörspiel *Der Chinese am Fenster* (1971) merkte Ror einmal an: *Der Chinese am Fenster ist keine Metapher, sondern der Chinese am Fenster. Er taucht auf, er verschwindet. Wenn man Lust hat zu interpretieren, werden sich mehrere Möglichkeiten finden. Jede davon hat recht.*

Das Blinzeln des magischen Auges

In diesem Sinn ähnelt besonders Rors visuelle Ästhetik in der Kunst der Moderne weniger der von Max Ernst als etwa der von Alfred Kubin, der sich von *der unbedingten Treue zu den Innenerlebnissen der eigenen Seele*, wie sie der Surrealismus verfolgt, entschieden abwendet: *Ich fand erst größere Befriedigung, als ich mich entschloß, die zart auftauchenden Fragmente so zusammenzufassen, daß sie ein Ganzes bilden. … Ich halte die sichtbare schöpferische Vision für weit stärker und tragender als ihre weitschweifige Analyse.*

Wolfgang Kayser

Alfred Kubin

Entscheidender als der Unterschied zu Ernsts Erzählvorgehen der Bildcollagen ist für mich jedoch Rors Gestaltung des Raumes sowie die Anordnung der Körper innerhalb der Räume seines Bilderkosmos. Rors Collagen haben verschiedenste Größen, von vereinzelten postergroßen bis hin zu spielkartenkleinen; sie sind schwarz-weiß oder farbig prächtig; auch gibt es solche, die monoton monochrome Landschaften mit farblichternen Figuren kombinieren. Zwar tauchen wie bei Ernst ebenfalls surreale Kombinationskreaturen auf, Collagewesen wie ein gescheckte Schwein, auf dessen Rücken ein Grammofontrichter steckt; oder eine Frau in feinster Ballgarderobe, deren Kopf Teile eines Insektenkokons im Querschnitt sowie fischflossenartige Gebilde aufweist, wie auf Seite 119 von *Raoul Tranchirers Bemerkungen über die Stille*. Grundsätzlich aber sind Rors Collagen weit weniger darauf aus, Körper zu verformen, als es in der explizit surrealistischen Tradition einiger Vorgänger der Fall ist. Sein Tranchieren, sein Zerstückeln ist primär kein leibliches, sondern ein räumliches Zerbrechen, die beharrliche Auflösung physischer Koordinaten.

Das Collagenmaterial besteht neben frühen Fotografien größtenteils aus zerschnittenen Zeichnungen und Kupferstichen, die naturwissenschaftlichen und medizinischen Zeitschriften, Anthologien und Enzyklopädien aus der Zeit der Bilderflut im 19. Jahrhundert entnommen sind, als kostengünstige Vervielfältigungstechniken ein ungeheures Bilderarsenal erzeugten. Ror fand sein Bildmaterial größtenteils in Antiquariaten. Später entnahm er es auch zeitgenössischen Illustrierten, die besonders den späten Collagen eine deutlich andere Ästhetik verleihen.

Einmal erzählte er mir, er habe einen enormen Bilderschatz während eines Residency-Aufenthalts an der University of Warwick im Jahr 1976 in englischen Antiquariaten erworben und mit dem eigenen Auto aufs europäische Festland und in seine Wirklichkeitsfabrik gebracht.

In dieser Wirklichkeitsfabrik, *das ästhetische Schlüsselwort dieser Art der Bild- und Text- als Weltproduktion*, werden die physikalischen und geografischen Gesetze der Wirklichkeit mithilfe von Schere und Klebstoff außer Kraft gesetzt. Realistische Größenverhältnisse von Körpern und Objekten sowie zentralperspektivische Nähe-und-Ferne-Ordnungen werden radikal unterlaufen. Der Wolfkosmos der Bildcollagen funktioniert schlicht und ergreifend ganz anders als unsere gewohnte Welt.

Lentz

Wie in einem Science-Fiction-Film aus den frühen Tagen des Kinos oder wie in einem der für Ror wichtigen Romane von Jules Verne können natürlichste Wesen wie Spinnen oder Kraken zu gigantischen Ungeheuern werden. Überhaupt werden immer wieder eher kleinere Tiere durch die Kombinatorik zu menschengroßen Wesen gemacht. In einer Schwarz-Weiß-Collage von 1998 beispielsweise umarmt eine mannsgroße Erdkröte eine Frau. Ein Junge schaut gelassen dabei zu, greift sich aber nachdenklich an den Kopf. Diese kleine Gruppe aus zwei Menschen und einem Froschlurch steht dabei in einem Geschlinge aus Pflanzen, die die gesamte Bildgröße überziehen, bei näherer Betrachtung aber einfach kleine Blümchen sind, die durch die Collage vergrößert wirken. Lediglich die verkleinert gezeichneten Menschen lassen die Blumen wie einen Urwald erscheinen.

Naturgemäß bearbeitet jede Collage vorgefundenes

Material. In naturwissenschaftlichen Büchern und Zeitschriften ist es meist notwendig, kleine Objekte enorm zu vergrößern, um sie überhaupt sichtbar zu machen, oder umgekehrt größere Objekte ungeheuer zu verkleinern, um sie in die Buchseite einzupassen. Beim Hin-und-her-Blättern zwischen zwei Seiten kann es sein, dass eine Giraffe viel kleiner ist als eine Gurke. Rors Collagen machen sich dies immer wieder auf lustige Weise zu Nutze und stellen Objekte und Geschöpfe nebeneinander und aufeinander, deren Maßstäbe auseinanderklaffen. Somit sind die Brüche, das Unzusammenhängende konstitutiv für die Wirkung der Collage, während die Objekte aber so angeordnet sind, dass sie einer harmonischen Mise en Scène zu folgen scheinen.

Die auseinanderlaufenden Größenverhältnisse von Abbildung und Wirklichkeit behandelt Ror auch in der Sprache, als dem Ich-Erzähler seines ersten großen Prosawerks bei Tisch von einem Mann namens Krogge eine Fotografie gereicht wird: *Es ist die Aufnahme eines Tieres, das, mit dem Leib über die Photographie von links nach rechts gelagert, den Photographen, der weder ich, noch ein mir bekannter Mensch sein kann, anschaut. Auf dem Rücken der Photographie steht mit Handschrift geschrieben: das Zebra. Also das ist das Zebra. Ich habe es mir kleiner vorgestellt, obgleich ich vermute, daß es in Wirklichkeit noch größer sein muß als auf dieser Aufnahme.*

Fortsetzung des Berichts

Zahlreiche seiner Bildcollagen zeigen Landschaftsszenen, die von überdimensionalen Fischen, spitzen Hechten oder gewellten Aalen, überschwebt werden. Die Wassertiere gleiten durch die oberen Teile der Bilder, als wären sie riesige Luftschiffe, die am Himmel stehen. Eine Collage auf Seite 76 von *Raoul Tranchirers Bemerkungen über die Stille* zeigt drei Fische, die in ihrem Unterreich des Wassers schwimmen. Ihr Wasserreich ist aber in die hohen Lüfte versetzt worden, wo die Fische eine weite Ebene mit Schlucht, mit winzigen Bäumen und großen Bergen durchmessen. Die drei Fische werden dazu noch von einem großen dunklen Zeppelin begleitet, dessen Form und Größe den Fischen zu ähneln scheint. Befinde ich mich beim Betrachten im Himmel und wollen die Fische wie Luftschiffe wirken, oder befinde ich mich unter Wasser und will der Zeppelin als Fisch durchgehen?

Da sie überwiegend aus dem Fundus naturwissenschaftlicher und medizinischer Originalquellen schöpfen und Gründerzeitgrafiken sowie Fotografien aus dem späten 19. und frühen 20. Jahrhundert verwenden, scheinen Rors Bildcollagen immer ähnliche Welten abzubilden. Männer tragen fast immer Hüte. Sehr häufig werden liegende Menschen in Betten von heilenden Händen gepflegt. Es wird durch pastorale Landschaften getanzt, als wäre immer Maireigen. Viele Bildcollagen stellen melodramatische Szenen von romantischer Liebe dar: Umwerbung, Trauer, auch Hysterie. Wie in seinen Moritaten finden sich in den Bildcollagen Welten von Banditen, Schurken, Ganoven und Häschern, von Gesellschaftsdamen, Krankenschwestern, Musikerinnen, Leserinnen, von Betenden, Sporttreibenden, Wandernden und so weiter und so weiter.

Neben dieser inhaltlichen Motiv-Einheitlichkeit unterliegen die Bilder aber auch einer geschlossenen Ästhetik. Zum Beispiel sind alle gezeichneten Materialien so gut wie immer realistische Darstellungen. Flora und Fauna, die beinahe jede Collage bestücken, sind daher durch einen enormen Detailreichtum gekennzeichnet. Die damaligen Schraffurmodi und Stichtechniken der Grafiken verleihen vielen Collagen eine Stimmung des Vergangenen, die alles Dargestellte bereits mit einer leichten Melancholie durchhaucht, noch bevor diese inhaltlich unterstrichen oder durch Brechung akzentuiert wird.

Auf mich wirkte es immer so, als habe Ror in seinen Bildcollagen das gesamte Welttheater einer vergangenen Zeit sammeleifrig aufgekehrt, zusammengeworfen, durchgeschüttelt, *gesammelt, zerhackt, vermischt* und damit dem Aberwitz der Welt eine angemessene Entsprechung bereitet. Dennoch besitzen seine Collagen für mich immer auch eine traurige Leere, so als wäre in die Figuren eine Einsamkeit eingeschrieben, die daher rührt, dass die neu verschmolzenen Dinge und Wesen ihrer ursprünglichen Kontexte enthoben und in neue Räume verpflanzt wurden.

Meine Voraussetzungen

Meine empfundene Leere ist häufig in Form und Inhalt der Bildcollagen selbst angelegt. Denn die einzigartige Modulation von Räumlichkeit in Rors Bildwelten betrifft auch seine Nutzung von negativem Raum. In Landschaftsdarstellungen, die nicht selten Gebirgsszenen beinhalten, werden in einer ganzen Reihe von Collagen Motive von Kranken oder Genesenden in Hospitalbetten gezeigt, die in der Gebirgswelt stehen oder über ihr schweben, die in einer leeren Bergschluchtweite allein in Decken gepackt herumliegen oder von einer Pflegeperson unter einem besternten kinoschwarzen Himmel umsorgt werden.

Was auf den ersten Blick wie ironische Brechungen

romantischer Klischeemotive des träumerisch in die Welt blickenden einsamen Helden anmuten mag, ist für mich immer in erster Linie eine visuelle Isolierung der Einzelnen. In einigen dieser Collagen ist eine solch gebettete Figur der einzige Blickfang des Bildes, umgeben von nichts als schneebedeckten Bergketten oder der bibelschwarzen Dunkelheit eines sternlosen Nachthimmels.

Die harmonischen Anordnungen von Rors Bildcollagen verknüpfen so ihre Ästhetik mit ihren Inhalten. Wenn man darin Symbolhaftigkeit erkennen muss, dann ist der Kranke der Einzelne und der Einzelne der Mensch an sich, eingepackt in sein Leben und seine Krankheit zum Tode, in einem Kokonzustand umschlossen von nichts als Leere, vom leeren Nichts. Wo die Romantik noch aufrechtstehende Helden mit zerzausten Haarflammen vor die Gebirgswelt stellte und die Leere ringsum eine imposante Erhabenheit war, die das Individuum zwar zu erdrücken vermochte, aber auch vor Begeisterung erstaunen ließ, ist die Leere, die Rors Figuren umgibt, nicht selten nichts als das farblose Nichts, die Abspiegelung der auf uns zufließenden Auslöschung.

Zwar sind viele seiner Collagen auf pastoralen oder urbanen Hintergründen angeordnet, ebenso viele aber sind Figurentableaus im Vakuum: Objekte und Geschöpfe, die im weißen Nichts schweben, oder schmale Streifen einer Landschaft, die vom eintönigen Schwarz des Nachthimmels erdrückt werden. Gerade durch diese Isolierung einzelner Figuren inmitten von negativem Raum stechen diese Geschöpfe nur noch deutlicher hervor. Die Bildkompositionen lenken den Blickfokus auf diese Figuren und machen sie augenblicklich fremd oder besonders.

Auf mich wirkte dieser Minimalismus-Mut Rors immer eindrucksvoller als die Brueghel'sche Ästhetik der Überfrachtung in den Collagen des gut mit Ror befreundeten Peter Weiss. Wie einige von Weiss' größten Gemälden suchen seine Collagen unter anderem Anleihen bei der Wimmelbildwildnis von Hieronymus Bosch und sind – besonders in der Originalausgabe der autofiktionalen Erzählung *Abschied von den Eltern* – von einer krassen Gedrängtheit geprägt. Anders als bei Weiss finden sich bei Wolf zahlreiche Collagen, die nur wenige Objekte in leeren Landschaften oder weiten, ausgeräumten Hallen zeigen. Die Isolation des Menschen, die Weiss darstellt, ist eine Kierkegaard'sche, eine Einsamkeit des Menschen inmitten der Gemeinschaft, ein Ausgestoßensein unter seinesgleichen, wie er es in *Abschied von den Eltern* am effektvollsten schildert.

Schmidt und Wolf

Bei Ror ist die Einsamkeit des Menschen für mich aber eine weit elementarere, eine Beckett'sche Zurückgeworfenheit auf die Ichzelle, da die Einzelnen häufig nicht einmal die Möglichkeit zum Kontakt mit einer Gesellschaft hätten, selbst wenn sie ihn suchten: Schlicht und ergreifend, weil die Figuren in Text und Bild häufig umgeben sind vom Nichts – oder von doppelgängerhaften Spiegelfiguren wie die Helden in der Abenteuerserie *Pilzer und Pelzer* (1967). Wie Molloy und Moran in Becketts *Molloy* entstammen sie vielleicht derselben Subjektivität und sind nichts anderes als ein Ich, das gegen seine Einsamkeit mit sich selbst spricht, *wie das einsame Kind, das sich in mehrere spaltet, in zwei, drei, um beieinander zu sein, und miteinander zu flüstern* – kurzum, wie Schreibende.

Samuel Beckett

Die Leere, die Rors Collagen mir zeigt, ist für mich dabei immer produktiv und niemals erdrückend. Das für sein Œuvre so wichtige Unkonkrete tritt in dem negativen Raum immer gewichtig zutage und erlaubt den Betrachtenden nicht nur die Fokussierung auf die in der Leere isolierten Figuren, sondern stimuliert – wie die Leerstelle im Text – das Schweifen und Schwelgen der Gedanken. Ich bin nicht überwältigt von Fülle, sondern eingeladen, die Leere zu füllen.

Selbst die leersten Bildcollagen dieser Art, von denen heute manche die Wände meines Arbeitszimmers schmücken und mich anschauen, auch wenn ich gerade auf einen Text schaue, an dem ich arbeite, selbst diese enigmatischeren Collagen werden dabei niemals vollkommen unleserlich oder uninterpretierbar. Und obwohl ich als Mensch das hermeneutische Tier bin, bringen mich Rors Collagen nicht in erster Linie zum Interpretieren oder Analysieren, sondern lassen mich stattdessen und dankenswerterweise zunächst und in voller Gelassenheit die visuelle Gestaltung, die harmonische Komposition lustvoll bewundern. Sie strahlen für mich eine einmalige Klarheit der Gestaltung aus, die mich lieber auf die Collagen blicken lässt als auf den unordentlichen Text, den ich gerade schreiben will und über den ich mir noch im Unklaren bin.

Rors gesamte Ästhetik der Negativität ist geprägt von einer enormen Klarheit, einer ungeheuren Ordnung, der jedoch eine Zerstörung vorausgegangen ist. Doch die Zerstörung ist allenfalls verwandelt und subtil vorhanden, wie die einsame Vergangenheit alter Figuren in neuen Welten. Die Collagen begegnen mir mit einer schlichten Formschönheit und einer Ruhe, die mich die Bilder betrachten lässt, nicht um sie sofort zu enträtseln und damit ihre träumerische Wunderlichkeit zu beseitigen, sondern um ihre Formen und Farben, ihre Geschöpfe und Objekte zu betrachten und darüber zu staunen, dass alles so angeordnet scheint, als könnte es anders gar nicht sein.

Wie Rors Bildcollagen funktioniert dabei sein gesamtes Oeuvre. Die Sprache seiner Prosa ist schlicht und schön, zeitlos und klangvoll, gefüllt mit magischen Wortkollisionen, die in weltverändernden Komposita oder adjektivischen Verfremdungen münden. Seine Rhythmen im Gedicht sind von nahezu mathematischer Genauigkeit, seine Reime klar, komisch oder kühn. Seine Rhythmen im Hörspiel sind exakt austariert, ebenso effektvoll angeordnet für Komik wie für Melancholie. Selbst in seinem Collagefilm *Keep Out* herrscht über den harten Schnitten eine rhythmische Ordnung, der eine Ästhetik der Klarheit zugrunde liegt, obwohl überall Brüche sind.

Rors Sprachzerstückelung, die wie die Brüche seiner Collagen Hinweise auf ein zerstörtes Leben geben könnte, ist dabei eine ganz andere als jene in Adornos Reflexionen aus einem beschädigten Leben in der ästhetisch angemessen kleinteilig parzellierten Form seiner *Minima Moralia* oder beispielsweise jene von Paul Celan, der in der Nachkriegslyrik das offenbare Gegenteil Rors darzustellen scheint: reimlos, surrealistisch undurchdringlich, emotionsschwer oder klanglich disharmonisch.

In der Zerschneidung von Welt und Sprache, von Medien und Texten allgemeiner, sind sie dabei dennoch Verwandte. *Surreale Schreibverfahren finden sich seit Beginn der 50er Jahre auch bei Autoren, die im Übrigen abweichende poetische Konzepte verfolgen. Neben Paul Celan zählen H. C. Artmann, Friederike Mayröcker, Konrad Bayer, Franz Mon und Ror Wolf dazu.* Mon

In allen Medien von Rors vielgestaltigem Œuvre ist das poetische Konzept der Zerschneidung und Neuformung, der Zerstörung und Neuordnung so zentral, wie sie es auch für Celans Sprachkosmos waren. Wie ich das Leben in der Moderne immer als ein beschädigtes Leben angesehen habe, so habe ich Rors Werk im Laufe meiner Leserjahre immer mehr unter der Überschrift betrachtet, die eines seiner letzten Bücher trägt: *Notizen aus dem zerschnetzelten Leben*. Die Aspekte des Zerschnetzelns, des Zerlegens und Wiederzusammenfügens, die seinem Tranchirer in den Namen geschrieben ist, finde ich heute in seinem gesamten Œuvre. Die Collage ist für mich heute *die* transmediale Komponente seines Werks, überall sichtbar, ganz gleich, ob explizit oder implizit, ganz gleich, ob als Technik, als Ästhetik intendiert oder nicht.

Die Collage ist das übergeordnete ästhetische Prinzip, das alle von ihm bearbeiteten Medien überschreitet und als Gesamtwerk zusammenklebt. Zwar ist nicht jede Seite seiner Romane, nicht jedes Gedicht oder jede Minute seiner Hörspiele und seines Films erkennbar durch ein Collageverfahren entstanden oder von Aspekten des Collagierens geprägt. Doch ist die Collage jene Komponente des Werks, die mich in den verschiedenen Medien seines Œuvres immer wieder begeistert zum Staunen bringt darüber, wie ästhetisch vollendet und poetisch folgerichtig er in allem Schaffen vorgegangen ist.

Für mich ist Ror daher kein Schriftsteller, der auch Collagen geklebt hat. Für mich ist Ror ein Künstler, der in jedem seiner Werke die Collage als eine Dimension seiner Kunst aufschimmern lässt und dessen Arbeitsweisen im Kern mit der Technik des Collagierens verbunden sind.

Wenn ich sage, dass ich das Gesamtwerk am ehesten aus der Collage heraus denke, dann sehe ich die Collage erstens als ein Kernverfahren seiner Werke in allen bearbeiteten Medien an, so wie Franz Mon das *Prinzip Collage* in Rors Bildern und Prosa herausarbeitet: *Die Beharrlichkeit, mit der Ror Wolf dieses Konzept durch die 80er und 90er Jahre hindurch verfolgt hat, deutet darauf hin, dass er in der Kombination von Zitattexten und Bildcollagen eine adäquate, gar optimale Darstellungsform gesehen hat.* Zweitens fungiert die Collage für mich als eine Metapher, die für sein Gesamtwerk und seine künstlerische Arbeit allgemein zuzutreffen scheint.

Mon

Durch die Betrachtung von Rors Werken bin ich manchmal ins Reflektieren gekommen, ob sich nicht sagen ließe, dass jedes Schreiben immer einen Bestandteil des Collagierens besitzt – ein Zerlegen, Zerstören, Zerschnetzeln von Wirklichkeit –, ja, ob jedes Kunstwerk zum Teil immer auch Collage ist – eine Sammlung und eine Auswahl aus ästhetisch überformten Partikeln, die der Wirklichkeit entnommen und umgeordnet wurden. Die Welt wird durch Kunst nicht im Innersten zusammengehalten und nicht aufs Äußerste gespiegelt, sondern in ihre Einzelteile zerlegt und erneuert.

Die Ordnung der Kunst ist eine Folge der Zerstörung der Wirklichkeit. Und wenn ich heute aus den Begrenzungen meines Lebens zur Freiheit von Rors Collagen an meiner Wand aufblicke, dann scheint mir mittlerweile, dass die Collage als Metapher für das gesamte Denken und das gesamte Dasein gelten kann. Ich fühle mich dem Werk Rors auch aus dem Grund so nah, weil ich meine, dass er das verstanden hätte.

Alles ist zerfressen von Brüchen, überall herrschen Lücken und Löcher. Selbst das eigene Ich, das eigene Bewusstsein ist zerteilt, zerstückelt, zerschnetzelt. Nur der Geist, die schönste Maschine, die ich kenne, gibt mir die Illusion, dass ich etwas Ganzes bin. Auch wenn mein Herz es besser weiß. Das gesamte Leben, das ganze Sein unterliegt der Collage. Körper werden aufgeschnitten, Peter Elbow
Leben abgebrochen, der Schlaf zerteilt den einzigartigen Fluss des Lebens in ein roboterig gestottertes Nacheinander, das von wilden Träumen oder vom stumpfen Nichts durchbrochen ist.

Heute stelle ich mir vor, dass ich Ror einmal nach seiner Meinung zu derartigen Gedanken gefragt habe, und ich collagiere mir ein paar seiner gern im Gespräch verwendeten Wortschnipsel und Phrasenpartikel zusammen, und dann scheint es mir, als antwortete seine ruhige, tiefe Stimme etwas wie: *Na, das ist doch ganz klar. Und dergleichen mehr.*

MICHAEL LENTZ: »›Wir haben Sprache, und sie hat uns‹: Zur Fundamentalpoetik der Essays von Franz Mon«, in: Franz Mon: *Sprache Lebenslänglich* (Hg. Michael Lentz), S. 645.

FRANZ MON: »›Es gibt also Löcher in meinem Gedächtnis‹ – Bilder und Wörter: Das Prinzip Collage in zwei Büchern von Ror Wolf«, in: *Alles andere später: Über Ror Wolf II, Ror Wolf Werke Supplement* (Hg. Jan Wilm), S. 196.

FRANZ MON: »Die Poesie wird konkret. Die Anfänge des experimentellen Schreibens in den fünfziger Jahren«, S. 124.

MICHAEL LENTZ: »Und das Unheimliche so vertraut«, in: *Alles andere später: Über Ror Wolf II, Ror Wolf Werke Supplement*, S. 44. Siehe auch »Direktor der Wirklichkeitsfabrik. Zum Tod von Ror Wolf«, *Frankfurter Allgemeine Zeitung*, 19.02.2020.

REALLEXIKON DER DEUTSCHEN LITERATURWISSENSCHAFT: »Montage«, Band II., S. 632.

WOLFGANG KAYER: *Das Groteske in Malerei und Dichtung*, S. 127.

ALFRED KUBIN: »Über mein Träumerleben«, S. 116.

ALFRED SCHMIDT UND ROR WOLF: »Peter Weiss oder die Nacktheit der Dinge«. *Diskus*, S. 8.

SAMUEL BECKETT: *Endspiel*, S. 99.

FRANZ MON: »Die Poesie wird konkret. Die Anfänge des experimentellen Schreibens in den fünziger Jahren«, S. 119.

FRANZ MON: »›Es gibt also Löcher in meinem Gedächtnis‹ – Bilder und Wörter: Das Prinzip Collage in zwei Büchern von Ror Wolf«, S. 197.

PETER ELBOW: »Collage: Your Cheatin' Art« versucht mit ähnlich breiten Strichen das heutige Dasein unter dem Aspekt der Collage zu begreifen.

AUS DEN TRANCHIRER TAPES · ZWEITER STREICH

Aus einem Gespräch vom 15. Februar 2019. Ich spreche Ror auf seine Zeit im Internat von Wickersdorf an, rund 20 Kilometer von seinem Geburtsort Saalfeld entfernt. Die Freie Schulgemeinde von Wickersdorf besuchte Ror von 1943 bis 1945. Er erzählt mir, dass Peter Suhrkamp und Samuel Fischers Sohn Fritz vor Rors Zeit in Wickersdorf dieselbe Schule besuchten.

ROR WOLF: Ja, das war Wickersdorf. Wickersdorf, ganz wichtig.… Man wird unabhängiger. Die Eltern spielen keine deutliche Rolle mehr. Die sind weit weg. Man muss sich selbst entwickeln. Aber es war ganz interessant.

Bis ich weggegangen bin. Ich sag mal so, ich bin rausgeschmissen worden. Und zwar war es das erste Jahr nach Hitler zur Zeit der russischen Besatzung. Meine Mutter war für mich eine fast fremde Frau, meinen Vater kannte ich so gut wie überhaupt nicht, der war in Kriegsgefangenschaft. Und meine Mutter ist fälschlich enteignet worden. Wir waren eine wohlhabende Familie. Meine Großeltern hatten ein Schuhgeschäft und so weiter. Meine Mutter ist während der russischen Besatzung enteignet und zu einem Jahr Gefängnis verurteilt worden.

Das war natürlich fürchterlich, denn ein solches Schicksal wurde von allen anderen zur Kenntnis genommen.

Wenn ich da durch die Straßen von Saalfeld gegangen bin, so 1945, da riefen Leute in meinem Alter – jetzt sag ich das Ganze mal auf Saalfeldisch [*Ror spricht den folgenden Satz in dickem Thüringer Dialekt*]: *Da drüben geht der, dem seine Mutter sitzt im Gefängnis da.* Da musste man rübergehen und musste sagen: *Noch ein Wort und ich schlag dir die Fresse ein!*

Aber da kam eines Tages dann der Schulleiter, bestellte mich in seine Kammer und sagte: *Also, ich will Ihnen gleich sagen, dass wir Schüler, deren Mütter im Gefängnis sitzen, hier nicht weiter unterrichten können, also Sie sind mit diesem Moment entlassen.* Da hab ich meinen Koffer gepackt, das war gar nicht so schlimm, und bin nach Saalfeld zurückgefahren und hab dort am Leben teilgenommen, bin dort auf die Schule gegangen. Aber ein furchtbares Durcheinander! Völlige Explosion der Klarheiten, der Ordnungsprinzipien. Wo gehört man hin, was kann man machen und so weiter. Die Schulen waren ja doch alle noch in einem Schwebezustand. Und ich hatte keine Freunde mehr in Saalfeld. Ich hatte meine Freunde in Wickersdorf. Und musste alles neu aufbauen. Wie alt war ich? Dreizehn, vierzehn?

JAN WILM: Welche Gründe wurden damals konstruiert, warum man deine Mutter verhaftet hat?

ROR WOLF: Na ja, die üblichen Gründe, die man genannt hat, um Leute zu enteignen. Angeblich hat sie ein paar Schuhe – aus ihrem eigenen Bestand natürlich – verkauft. Und das hat man aufgebaut und vergrößert. Das hieß dann plötzlich: Ja, die hat ja ihr ganzes Lager verkauft und dergleichen, und hat sich reich gemacht damit. Völliger Quatsch. … Unglaublich.

Ich war zu dieser Zeit ein Millionenerbe, nicht? Also ein Erbe aus einer sehr reichen Familie. Mein Großvater war ein berühmter Schuhmachermeister und hat ein Haus gebaut [*das Geburtshaus in der Saalstraße 28 in Saalfeld*] und einen großen Laden dazu. Er hat in der Werkstadt gesessen und hat die Schuhe für feine Leute zusammengeklebt und dann wurde natürlich viel Geld verdient, ist klar. Mein Vater hat nur eingeheiratet, ich bin der einzige Sohn gewesen, geboren 1932, also Millionenerbe. Davon habe ich nichts. Gar nichts. Aus.

Aus einem Gespräch vom 12. März 2019. Wir sprechen über Rors erste Gedichte, die er in der Frankfurter Studentenzeitschrift Diskus *unter dem Namen Raoul Tranchirer publizierte.*

ROR WOLF: Das erste Gedicht, das ich veröffentlicht habe, »mein famili«, ist gereimt, durch und durch gereimt. Damals ist es auf Gelächter und auf Ablehnung einiger progressiver Lyriker gestoßen. Interesse gezeigt – wirkliches Interesse gezeigt – hat Peter Weiss. Weiss wusste natürlich auch nicht, von wem »mein famili« stammte. Er schrieb aus Schweden an die Zeitschrift: »Wer ist Raoul Tranchirer?« …

Ich habe überhaupt nichts gegen ungereimte Gedichte, die habe ich auch geschrieben. Ich würde sie nie verbieten. Letzten Endes ist es so: was kommt bei mir an und was nicht? Dazu les ich's eben. Und wenn ich meine Zuneigung für Brecht wiederhole, dann liegt die nahe. Ich hätte ihn gerne kennengelernt, Bert Brecht. Es hätte ja gerade noch gereicht. Um mich auch zu entschuldigen.

Ich hatte ihn, als ich noch in der DDR lebte, für einen Mitläufer gehalten. Unmöglich! Aber das lag daran, dass ich keine Gedichte von Brecht kannte.

LESELÖCHER · GEDICHTE

so hat oh leser das gedicht
begonnen das gedicht begann
GEFÜLLTER TRUTHAHN
MIT MISCHGEMÜSE

Falls es Familien gibt, dann nur zerbrochene. Eine Familie besteht aus ihren Scherben. Durch das spätere Zusammenkleben der einzelnen Bruchstücke entsteht etwas Neues, was der Familie ähnelt, aber ihr nicht gleichkommt. Das ist die Erinnerung. Oder die Literatur.

Weil die Vorstellung von Familie jedoch Zusammenschluss statt Zerstückelung verheißt, bin ich nicht sicher, ob es Familien wirklich gibt. In jedem Fall lesen sich die Familien in der Literatur so, als wollten sie mehr auf die Bruchstellen verweisen als auf den Zusammenhalt.

Der alte russische vegetarische Graf beginnt doch sogar einen seiner Romane mit diesem Verweis: *Alle glücklichen Familien gleichen einander, jede unglückliche Familie ist auf ihre eigene Weise unglücklich.* Doch auch Grafen irren, sogar vegetarische. Denn in Wahrheit gibt es gar keine glücklichen Familien. Ohnehin wird dem Glück viel zu viel Wert beigemessen. Für die Literatur beispielsweise taugt es so gut wie überhaupt nicht, auch wenn das auf einem anderen Blatt steht.

Leo Tolstoi

In Wahrheit kommt selbst das Wort FAMILIE mit spalterischen Intentionen ins Deutsche. Als Zombiewort, als Lazaruswort stammt es aus der toten Sprache des Lateinischen, wo *famulus* »Diener« bedeutet und *zunächst »Hausgenossenschaft (einschließlich der Sklaven, Gesinde)«* bezeichnete.

Friedrich Kluge

Die Grimm-Gebrüder sahen die sektiererischen Ursprünge des Wortes kritisch: *so schön und gefüge es an sich selbst sei, hat es doch gleich zahllosen andern ausländischen wörtern unsere hergebrachten heimischen gestört.*

Jacob u. Wilhelm Grimm

Am Anfang der Familie steht der Bruch. Am Anfang von Rors Werk steht ein Text, mit dem er in die deutschsprachige Literatur einbricht, der den Bruch der Familie zentral macht. Mit Ausnahme des Prosatexts »Mitteilungen aus dem Leben des Vaters« (1968) ist Ror kein Autor der ausgestellten Autobiografie, und wenn ich sage, dass jedes Schreiben auch autobiografisch ist, dann steht selbst das auf einem anderen Blatt.

Dass die von Krieg und NS-Regime zerschnetzelte Familienordnung dennoch ihre Spuren im Werk hinterlassen hat, ist besonders im Frühwerk auffällig. Die Spuren ziehen sich durch die halb provinzielle, halb bürgerliche Enge der frühen Familienkonstellationen in den ersten Gedichten und im ersten Langtext *Fortsetzung des Berichts*, wo einige Anstrengung unternommen wird, sich von der geschilderten Familienenge zu entfernen.

Davor aber geht der Bruch durch die Familie zunächst ästhetisch vor sich, wenn Ror sich mit seinem ersten Gedicht in die Literaturwelt einschreibt, einspricht, einschneidet:

mein famili

mein schwester strickt am grünen strumpf
so heiß und groß so dick und weich
so seltsam übers knie gebeugt
mein schwester mit dem roten rumpf

mein oma liebe oma so
so faltig pergament so dünn
so vogel hals so fistel stimm
so mürrisch mittags abends froh

mein famili im zimmer lung
wo um den schwarzen tisch und rund
mit topf und fisch und zwiebelbrüh
mit hand mit mund mit großem hung

mein vater mit der nickelbrill
mein mutter auf dem küchenstuhl
mein starker bruder mit dem bart
mein kleine schwester blaß und still

mein famili mein ganze fam
ili mein ganze zwei drei und
mein vier und fünf und zwei und ein
mein famili wie wundersam

wie wundersam wie wir am tisch
am runden tisch von rundem holz
wie faust und gabel hier und hier
faust gabel hier mund da und fisch

mund da und fisch und fisch und kloß
am runden tisch der vater spricht
und ißt den kloß und ißt den fisch
vom tisch und spricht und zwiebelsoß

und zwiebelsoß rinnt ab vom mund
wischt ab ach wischt und wischt und spricht
die schwester hörts an ihrem strumpf
die mutter hörts der bruder und

großvater dort auf dem abort
der hund der hund bunt hinterm schirm
die laus in seinem pelz und ich
ich hörs ich hab im ohr die wort

wie altes brot die wort wie brot
wie schwarzes brot die mutter nimmts
vom küchenbord und lächelt wild
denn trocken brot macht wangen rot

wie glotzt aus seinem leib das brot
wie rollt es rollt es durch die tür
die base sitzt vor dem klavier
und spielt ohn brot ist große not

die schürz der mutter weht herum
die uhr platzt an der wand und da
grinst unterm bottich grinst die schab
der vater spricht seht euch nicht um

Der Bruch, der durch die Familie geht, wird nicht erzählt, er wird in die Form des Gedichts gelegt, den Worten des Familienpersonals werden die Buchstaben herausgeschnitten, sodass ich sie mir in meiner Vorstellung wie zerlegte, scherenschnittige Pappkameraden ausmale. Die Personen selbst werden durch die aufzählende Reihung zwar zusammengefasst, aber auch aus ihrer Gemeinschaft herausgelöst, indem sie in Stille geschildert werden. Kommunikation scheint nicht stattzufinden.

Als ich das Gedicht erstmals las, ohne irgendetwas von Ror Wolf zu wissen, sah ich »mein famili« als einen Text eines Familienbruchs an. Dieser Bruch durch die Familie war für mich damals so einschneidend nachvollziehbar, weil er nicht inhaltlicher Natur war, sondern weil er mir durch die zerstückelte, aber durchrhythmisierte Form so sehr ins Herz sprang.

Ror wird nach diesem Debüt, in dem er sprichworthaft mit einem Wilhelm-Busch-Szenario spielt, bei Weitem kein Familiendichter. Einen Familienroman, auch einen Gesellschaftsroman hat er nicht geschrieben. Die Stoffe und die Ästhetik seiner Werke zielen dennoch ins Nervennetz der Gesellschaft, der Familie und allen voran ins Herz der Existenz. Er war und bleibt ein Dichter der Brüche, seit diesem Gedicht über *die rund um den runden Tisch versammelte Familie, von der das ›e‹ abgeschnitten wird.* Karl Riha

Vielleicht wirkte das Wolfwerk aufgrund des unmittelbaren Bruchs von »mein famili« damals augenblicklich so anziehend auf mich. Manche Texte muss man lesen, weil sie Schullektüre sind, und findet sie wieder, wenn der Hass gegen alles Schulische im Rückspiegel verblasst. Manche findet man als Empfehlung und liest skeptisch oder wohlwollend, je nachdem, von wem die Empfehlung stammt. Manche aber geraten auf solch beiläufige, zufällige Weise ins eigene Leben, dass man sich später, wenn die Bedeutung der Schreibenden so groß geworden ist, dass man meint, durch sie gerettet worden zu sein, die Frage stellt, was aus einem geworden wäre, wenn man sie niemals gefunden hätte.

So geschah es mit mir und Ror Wolf.

Früh schon war mein Leben von Trauer gezeichnet, eine Jugend in Rembrandt-Farben. In dieser Jugendzeit meines Lebens flatterte aus irgendeinem Grund ein kleines schwefelgelbes Reclam-Heftchen in meine taubengraue Zeit. *»Ein Komplott aus Spiel, Spaß und Entsetzen«*. 1994 herausgegeben von Karl Riha, verbirgt sich dahinter ein kleines Sammelsurium aus kürzeren Texten von Ror Wolf. Das Bändchen hat ein wenig von Best-of und ein wenig von Deep Cuts, teils Bekanntes und teils Überraschendes: eine Handvoll kürzerer Prosatexte sowie Kürzesttexte aus der Reihe *Mehrere Männer*; einige schwarzweiße Collagen und eine Reihe früher Gedichte; natürlich ein paar Fußballpoeme, für die Ror auch einem breiteren Publikum bekannt war; und ein bisschen was von Rors vielleicht berühmtester Figur Hans Waldmann, die in zahlreichen Gedichten auftaucht, verschwindet, stirbt und wieder aufersteht.

Das Bändchen ist wie alle Reclam-Hefte sehr hässlich, hat aber, wie Kafkas *Verwandlung*, Droste-Hülshoffs *Die Judenbuche* und Schillers *Die Räuber* einen ganz besonderen Platz in meinem Herzen, weil sie die ersten waren, die mir Welten eröffneten, die ich vorher weder kannte noch für möglich gehalten hatte. Und weil sie billig und wie die preisgünstigen Mass Market Paperbacks der Signet Classics oder der Dover Thrift Editions von größter Bedeutung für meine literarische Erstbetankung waren.

Das Ror-Wolf-Heftchen muss mir irgendwann in den frühen 2000er-Jahren in die Hände gekommen sein, ich weiß nicht mehr, wie es zu mir fand. Vermutlich war es reiner Zufall. Doch so wie George Steiner einst völlig unerwartet Paul Celans Gedichte am Frankfurter Hauptbahnhof in die Finger bekam, als er sich *zwischen Zügen* befand, und unmittelbar vom Blitz getroffen wurde, so veränderte dieses zitronengelbe Pappbändchen mein Leben. Fünf Zusatzpunkte für alle, die bemerkt haben, dass ich mich gerade mit George Steiner verglich.

Es muss zu einer Zeit in der Frühphase meines Studiums gewesen sein, während eines Wintersemesters, als ich den Staub unter meinem Bett besser kannte als andere Menschen und die Einsamkeit eines durchschwiegenen Wochenendes mein Leben so fadendünn erscheinen ließ, dass es nichtig wirkte. Damals verbrachte ich jeden Morgen mit einem kurzen Buch an der Heizung in der Küche meines Elternhauses, stumm und lethargisch wie Oblomow auf seiner Ofenbank, wie Helbling in seinem Bett, die Gedanken aber durchblüht von Literatur. Ich nahm Literatur wie Brot zu mir – *die wort wie brot* –, als Stärkung, bevor ich zur selben Universität fuhr, an der auch Ror studiert hatte – was im Übrigen ein Umstand ist, der mir heute bedeutender scheint als die Tatsache, dass dort auch Adorno gelehrt hat und auch ich dort einmal lehrte.

So verbrachte ich jeden Morgen mit einem Buch und Kaffee vor dem Winter im Fenster in der Küche des um mich herum versunkenen Hauses. Es gab nur eine einzige Regel an diesen Lesemorgen: Das Buch durfte nicht zu dick sein, denn es musste ganz gelesen werden, bevor der Tag mit Studium und Arbeit mir Körper und Geist raubte.

Gründungsmythos: Das schwarze Loch der Kaffeetasse auf dem weißen Tisch, daneben ein Buch, ein Bleistift zum Unterstreichen. Da schlug ich an einem Morgen, kontextlos und ahnungslos, dieses kleine Bändchen auf. Damals war mir Lyrik näher als Prosa, und so blätterte ich über die kurzen Tranchirer-Lemmata (»BÜCHER«, »LEKTÜRE«, »LESEN«) hinweg und las ebenjenen ersten Ror-Wolf-Text meines Lebens: »mein famili«.

Viele Lesende kommen über dieses Famili zu Rors Werk. Die Gesamtausgaben und Auswahlausgaben der Wolflyrik beginnen meist mit diesem ersten publizierten Gedicht aus dem Jahr 1959. Dass es für uns beide, für Ror und mich, das erste Ror-Wolf-Gedicht unseres Lebens war, bleibt für mich bedeutungsvoll. So wie es in meinem Gedankengebäude immer ein tragender Pfeiler bleiben wird, *wann* und *wo* ich Ror zum ersten Mal las. Es war für mich eine Zeit des Aufbruchs, eine Zeit von erbärmlicher Einsamkeit und Verlorenheit, eine Zeit, in der ich mich in jene Richtung orientieren würde, die mein Leben Jahre später eingeschlagen hat, ein Leben für die Literatur.

Vielleicht ist es unaufrichtig, einem einzelnen Text in einem Werk aus über 250 Gedichten eine solche Bedeutsamkeit zuzuschreiben, um auf diesem Weg zu ergründen, welche zentrale Wirkmacht Wolfs Werk in meinem Leben besitzt. Doch wann immer ich prüfend darüber nachdenke, hält die Prüfung stand. Beim Lesen seiner Lyrik empfand ich ein Gefühl von Freiheit, und dabei ist es geblieben. »mein famili« schien etwas über mich auszusagen und etwas über mich zu wissen, und in diesem Moment, von der aschgrauen Starre der kalten Familienküche eingeschlossen wie von einer Zelle, hatte ich den naivsten Leseeindruck überhaupt: dieses Gedicht war *für mich* geschrieben worden, für diesen Augenblick an einem lausig-eisigen Wintermorgen beim Lesen.

Es wäre mir damals nicht annähernd in den Sinn gekommen, nach den biografischen Spuren in Ror Wolfs Leben zu suchen und zu prüfen, ob die Brüche seines frühen Lebens auf mein eigenes passten. Das biografische Lesen ist nicht mein Lesen. Bis heute betrachte ich Biografien von Schreibenden mit Skepsis, und sie interessieren mich selbst weniger als zum Beispiel ihre Schreibtische. Der Ort des Entstehens von Literatur ist für mich nicht die Biografie, sondern die schreibende Hand über dem Papier, über der Tastatur. Dabei ist es geblieben. Und auch wenn in Rors Werk die Bruchspuren der Kriegskindheit und der von der Flucht aus der DDR im Jahr 1953 und von zahlreichen Umzügen und Umbrüchen geprägten Jugend- und Formationszeit vielleicht sichtbar sind, so bleibe ich lieber bei der Sprache, habe ich lieber Rors Worte im Ohr, so wie er mir einmal sagte, er habe den Rhythmus seiner Gedichte in den Fingern, mit denen er als junger Mann mit Freunden in einer Jazzcombo Schlagzeug spielte.

Mitteilungen aus dem Leben des Vaters

Nein, nicht die Biografie des Autors passte auf mich, sein Text umfasste mich, und ich legte mich hinein in diese Worte, in diese Literatur. Dieses Gefühl hat sich auch nach fast zwanzig Jahren nicht verändert. Der unheimliche und existenzielle Zug, der in seinen Gedichten das

Alltäglichste durchzieht, kommt mir heute am bemerkenswertesten vor – die hochkomische Kombination von Allerallgemeinem mit Höchstspezifischem, wie in einem Gedicht von 1959, das erst fast fünfzig Jahre später erschien. In Klang und Inhalt ist dieser kurze Text für mich nahezu perfekt:

Das beinahe unbemerkte Verschwinden
des Donnerstags

Der Morgen beißt den Mittag an,
dazu ist nichts zu sagen,
denn was er nicht mehr ändern kann,
das muß der Mensch ertragen.

Der Abend frißt den Mittag auf
bis auf das letzte Stück,
der Mittag nimmt das gern in Kauf
und kommt nicht mehr zurück.

Der Morgen frißt, der Abend frißt,
die Nacht legt sich jetzt nieder,
und wenn die Nacht gefressen ist,
dann sehen wir uns wieder.

Als ich nach meinem ersten Lesekontakt mit dem Wolfwerk besonders Rors frühe Moritaten las, die er in den 1960er-Jahren verfasste, wurde mir klar, dass ich nie etwas Derartiges gelesen hatte. Ich hätte nicht einmal gewusst, wo ich hätte nach etwas Dergleichen suchen sollen. Heute meine ich, diese Literatur ist so eigensinnig und so beglückend fremd, dass man sie nicht sucht. Sie begegnet einem, und nachdem man sie kennengelernt hat, ist es unmöglich, ohne sie zu leben. Erstens, weil man anfänglich sich selbst darin erkannt hat; zweitens, weil man anschließend darin das zu schätzen lernt, was gerade *nicht* mit einem selbst zu tun hat: die Fremde. Doch die Fremde kam später.

Zuerst fühlte ich mich in Rors Texten aufgehoben, obwohl sie anders waren als das mir Bekannte. Sie waren neu, aber zeitlos, dabei war dieser Autor, nach allem, was ich damals herausfinden konnte, noch am Leben, und er schrieb weiterhin. Trotzdem klangen die Gedichte mit ihrer Montage von urtümlichen Familienkonstellationen und biblischem Unglück mit einem Brecht'schen Sinn für rohen Rhythmus und witzigen Reim für mich damals so, als hätten sie auch im 19. Jahrhundert geschrieben worden sein können, oder als stammten sie aus der Zukunft. Nur schien es mir, dieser Autor schrieb *besser* als die Romantiker, Gründerzeitler und Vormärzer, weil hier der Bruch nicht durch die geschilderte Welt ging, während allseits noch Utopie und Hoffnung herrschte, sondern weil der Bruch hier ein gänzlich moderner war, der den Seelen ins Herz gerissen war und durch Rors Form pulsierte, während er einen magischen Sprachtanz aufführte, auch wenn es ein Totentanz war.

Als Rors Gedichte mir begegneten, hatte ich gerade die Lyrik der *high modernists* verschlungen und hielt die Errungenschaften von Dichterinnen wie Gertrude Stein und Dichtern wie T. S. Eliot und dem von ihm als besseren Handwerker gerühmten Ezra Pound für den Gipfel des literarisch Möglichen. Ror Wolf passte bestens zu dieser Truppe und ging dennoch über sie hinaus, weil es ihm gelang, Bruch und Zerstückelung erfahrbar zu machen, ohne dabei auf Rhythmus und Reim zu verzichten. Auch schien er mehr Humor zu haben als viele des erlauchten Kreises der Moderne. Ich meinte, er war gegen alles, wogegen die Moderne rebellierte, doch besonders durch sein genaues Ohr – *ich hörs ich hab im ohr die wort* –, durch seine klare Rhythmisierung und die Vollkommenheit der Reimschemata schien er sogar gegen die Moderne aufzubegehren. *Die Moderne manifestiert sich weitgehend als ein Dementi dessen, was der klassischen Kunst wesentlich war: die Harmonie, die Versöhnung, die Aufhebung der Gegensätze, die Kontemplation der Vollkommenheit.*

Wolfgang Iser

Die ersten Gedichte, die ich von Ror las, stammen aus dem Frühwerk (»mein famili«, »der vater spricht von dem franzos«, »der sonntagmorgen«, »vier herren«, »wetterverhältnisse«). Anfangs war ich beunruhigt, dass die Gedichte, wie es schien, erkrankt waren an einer bösartigen stefan-george-minuskelitis, auch wenn ich schon bald aus Wolfs Feder mit Erleichterung las: *Coltrane ist mir lieber als Karajan; Karl Valentin lieber als stefan george.*

Meine Voraussetzungen

Doch seine Frühgedichte demonstrierten formvollendet seine eigensinnige, störrisch-widersinnige und gleichzeitig klanglich feingeschliffene Kunst. Neben der Begeisterung über die Kostprobe aus dem Ganzfrühwerk las ich im Reclam-Heftchen mit weniger Begeisterung einige Fußballgedichte (Rammer & Brecher-Sonette), die mich an Rors Œuvre anfangs abschreckten, weil der Fußball mich bis heute immer auf dem falschen Fuß erwischt und weil die Fußballtexte der bekannteste und erfolgreichste Teil seines Gesamtwerks sind. *Aber davon später.*

Neumanns Bedeutung für die Allgemeinheit

Voll manischer Faszination war ich jedoch sofort für die Waldmann-Moritaten. Etwas Vergleichbares kannte ich nicht. Na ja, Kunststück, Herr Wilm, du hattest ja auch noch nichts von Ror Wolf gelesen, siehe oben. Stimmt, doch ich kannte, was ich heute als Einflüsse in Wolfs Werk erkenne. Die Reimklarheit von Wilhelm Busch und Christian Morgenstern. Die Wortsauereien von Bert Brecht und die Weltenden von Jakob van Hoddis. Die Humoreskengrotesken von Franz Kafka und die Sprachpreziosen von Robert Walser. In Ror Wolfs Gedichten fand ich all das damals auf eine gleichzeitig erkennbare und geheimnisvolle Weise eigen und neu.

Rasch danach las ich alle der frühen Gedichte, die ich finden konnte. Lesend war ich sowohl ermutigt als auch erschüttert. Ermutigt, weil ich meinte, hier entblätterte sich mir eine Schreibmöglichkeit: *So geht es also auch*. Erschüttert, weil ich erkennen musste, dass selbst die Gedichte dieses Ganzfrühwerks nichts vom suchenden Errüsseln eines eigenen Stils besaßen. Keinerlei Holprigkeit und Humpeligkeit. Geschrieben fürs Lautlesen, wirkten die Gedichte wie eingängige Melodien, als wäre alles ein Riff von Rors geliebtem John Coltrane: Hatte man sie einmal gehört, meinte man, kein Klang könnte jemals verändert werden, alles saß, alles passte, alles war aus dem aus Funk und Fernsehen und Feuilleton bekannten *einen Guss*. Es erschütterte mich aber, da mir klar wurde, welch ungeheure Arbeit in diese Werke eingeflossen sein musste, damit sie so selbstbewusst seiltanzend, so leichtfertig dahinimprovisiert wirkten: *Nur so geht Schreiben*.

Doch die Ermutigung überwog, denn die Faszination gewinnt. Gleichzeitig verstand ich nicht sofort, was genau an diesen Gedichten so brillant war. Hätte man mich damals gefragt, was diese Lyrik auszeichnete, hätte ich einfach geantwortet: Sie gefallen mir. Das sprachliche Gegenstück zur herausgestreckten Zunge. *Warum? Darum.* Das Geheimnis erschloss sich mir noch nicht, aber ich saß noch fest im Sattel der Annahme, dass die Lüftung des Geheimnisses ein Hauptziel des Lesens sei.

Heute erhellt mir diese ursprüngliche Lesebegeisterung aber den anarchischen und apodiktischen Zug von Rors Lyrik, seiner gesamten Schreibe, seinem generellen Sprachverhältnis. Seine Gedichte nutzen häufig epigrammatische Verkürzungen und pointierte Feststellungen, zum Beispiel, um Hans Waldmann in den zwischen 1965 und 2013 veröffentlichten Gedichten wieder und wieder in den Tod zu schicken, zu versprechen, dass es nun ein für alle Mal mit Waldmann vorbei sei, bis bald nur noch *versucht* wird, ihn endgültig verschwinden zu lassen, als wüsste der Autor selbst schon, dass einer wie Hans Waldmann ewig lebt. *prima, ruft der lange lord und spricht: / ohne waldmann geht es eben nicht.*

Auf der Suche nach dem Glück, siebenter & letzter Teil

Durchs Gedicht-Œuvre gestreut, finden sich Sätze, die tiefgängig sind wie die Aphorismen von Georg Christoph Lichtenberg, und wie dessen *Sudelbücher* auch so ätschähnlich wie das Zungenrausstrecken eines Kindes. Es sind Sätze, die einen Kern des Wolf'schen Dichtens ausmachen: Seine Sprache legt die Brüche der Existenz frei, als wären sie Lappalien – worin ein zutiefst moderner Zug liegt: dem Absurden der Erkenntnis nicht mit Kierkegaard'schem Schrecken zu begegnen, sondern mit Beckett'schem Spott. Wie bei Beckett bricht Wolf durch seine Sprache andauernd die rigorose Unbeugsamkeit des Wirklichen. Einer

Aussage, ob apodiktisch oder aphoristisch, wird immer die Möglichkeit gegeben, auch etwas ganz anderes zu bedeuten. Einige meiner Lieblingssätze aus dem Dichtwerk erinnern mich bis heute an die scherzhaft-existenzielle Allgemeingültigkeit von Bauernweisheiten:

Es ist zwar schlimm, doch war es auch schon
schlimmer.

Rammer & Brecher I

waldmann sagt: so ist es gut und recht,
aber anders ist es auch nicht schlecht.

Auf der Suche nach dem Glück, vierter Teil

der leichte Tod das schwere Leben

Siebzehn Tage unterwegs oder achtzehn Tage

denn es ist noch früh genug zu spät

Allgemein und insgesamt gesehn

Aus den Worten wächst schon längst das Gras
oder etwas andres: irgendwas.

Anfang Ende, drei

denn die Zeit, die bügelt alles glatt,
auch was man noch nicht erwartet hat

Doktor Pfeifers Reisen 32

Soviel ich weiß ist man nur einmal tot,
und einmal ist man, wie ich weiß, am Leben.

Das ungeheuer langsame Leben in Frankfurt-Ost

Wie die Welt so ist, so ist sie eben,
und genauso ist es mit dem Leben

Erstes Stück des letzten Teils

Ror biegt und bricht die Sprache, und durch seine Sprache biegt und bricht er die Welt. Und dabei macht in seinen Gedichten immer der Reim die Musik. In meinem ungereimten Kopf besitzt der Reim immer etwas Rundes, etwas Glättendes und Weiches. Weil sich Klangwiederholungen ergeben, nimmt der Reim den unpassenden Splittern des Seins immer etwas von ihren scharfen Kanten. Die Ordnung des Reims ist für mich immer gänzlich existenziell und von konstituierender Kraft, als sähe sich ein Wort im Spiegel, als bügelte sich die kantige Vereinzelung für einen Moment aus, stellte dabei aber dennoch das Andere im Eigenen prominent zur Schau.

Gerade weil die Welt von Rors Gedichten aber dem Reim unterworfen wird und der weiche Reim auch immer das harte Beschneiden der Worte diktiert, so wird aus der Welt etwas scharfkantig Gebrochenes oder Geschnittenes. Der Reim ist wichtiger als die Wirklichkeit in Rors Gedichten, und das ist richtig so.

Des Reimes wegen wird *Hunger* in »mein famili« beispielsweise zu *hung*, während im Gedicht »waldmann und der ernst der lage, drei« der Reim das Wort *Hintergrund* schlicht und einfach verwandelt in *Hintergrung*: *plötzlich leichenbleich mit einem sprung / kommt der täter aus dem hintergrung.* Entscheidend ist, dass nicht mit Totalverwandlung, sondern mit Teilverschiebung gearbeitet wird, und dass in Rors Verschiebungen die Ursprungsworte (Hunger, Hintergrund) trotz des Bruchs sichtbar bleiben. So wie in der bildenden Kunst ein Torso nicht als die grausame Verstümmelung eines Menschenkörpers erscheint; so wie die kontinuitätsaussparende Störung beim Jumpcut im Film irritierend, nicht irreführend wirkt; so wie die nicht erzählte Handlung zwischen zwei Kapiteln in einem Roman nicht abstößt, sondern das Lesevergnügen vergrößert – ja, so laden Wolfs

Brüche und Zerstückelungen immer ein, intensiver, involvierter zu lesen.

Passiv Lesende werden durch derartige Texte zu mitarbeitenden Lesenden, so wie Roland Barthes es sich nach dem Autorenmord wünschte und ein Vierteljahrtausend vor ihm Novalis forderte: *Der wahre Leser muß der erweiterte Autor seyn.* Blüthenstaub

Die Brüche in Wort und Satz werden von der auffallendsten Charakteristik der Gedichte ergänzt: Auslassungen, die durch Indefinitpronomen (jemand, etwas, irgendetwas etc.) ausgestellt werden. Sie sind, was Wolfgang Iser *Leerstellen* nannte. Ohne Leerstelle kein lesenswerter Text. *Als Unterbrechung der Textkohärenz transformieren sich Leerstellen zur Vorstellungstätigkeit des Lesers.* Rors Auslassungen ziehen mich magisch, magnetisch an. Sie fordern meine Vorstellungskraft, lassen mich am Text mitdichten, als wäre ich ein Angestellter in der Wirklichkeitsfabrik. Iser

Die Leerstelle ist der Traktorstrahl der Literatur. Sie ist ein Loch, durch das Lesende tiefer in einen Text hineinkriechen können, so wie der Mann in einem Gedicht von 1976: *Er ging er duckte sich er kroch, / durchs Loch, durchs Loch.* Und die Löcher im Text stopft man lesend immer mit sich selbst, durch Erfahrung, Erinnerung, Erlebtes, Erdachtes, das in den Text einfließt und das Gelesene kreativ weiterdichtet. Der Gung

Eines meiner Lieblingsgedichte von Ror ist »Die Besichtigung der Dunkelheit« aus dem Spätwerk (von 2013), weil es mir emblematisch erscheint für seine Poetik, seine Auslassungstechniken und Bruchmotive – und besonders wegen des umwerfenden, unvergleichlich schönen letzten Satzes:

Die Besichtigung der Dunkelheit

Krach Dreck Gestank und Feuer, fernes Knallen,
und Wände Hände Brände Gegenstände,
und jemand lacht im Zipfel dieser Nacht,
und jemand hat das Fenster zugemacht,
und irgendetwas ist herabgefallen,
in dieser Nacht, vom Anfang bis zum Ende.
Und Schluß und weiter nichts Erwähnenswertes,
nur etwas Ausgeleertes, Abgekehrtes,
nur Kerben, Scherben, Scherben und Verderben.
Und ich bin viel zu alt um schon zu sterben.

Die Scherben, die anfangs ästhetisches Prinzip auf der Wortebene waren, werden hier direkt benannt. Und was im Frühwerk als offener Sprachbruch erkennbar wird, tritt bei aller Kontinuität des sprachlichen Zerstückelns im Laufe seines Œuvres als allgemeinere Hinwendung zum Unkonkreten hervor. Statt harter Auslassung nutzt er später immer häufiger die subtilere Unschärfe. Wo der Sprachbruch früher öfter durch eine produktive Verstümmelung von Wörtern deutlich wird, konterkarieren später unbestimmte Pronomen das vermeintlich Bestimmte der gehäuften, disparaten Substantive. Die angerissene Katastrophennacht, wie sie in einem Krieg zu erleben wäre, wird für mich hier somit zu einem ganz generellen Zustand von nächtlicher, natürlicher Bedrohung.

Heute sind mir diese subtil erkennbaren Verschiebungen und Entwicklungen im Laufe des Wolf-Werks weit wichtiger als die frühere Identifikation mit einem Text, der mir fremder nicht sein konnte. Als junger Leser lag für mich die Lust am Lesen nicht darin, dass ich die Entwicklungen eines Gesamtwerks nachvollzog und ein Œuvre betrachtete, als wäre es ein lebendiges, wandelbares Etwas, das so lange lebt und sich weiterentwickelt, wie ich lebe und lese. Für den jungen Leser, der ich war, konnten Bücher gar nicht genug wie Spiegel sein.

Die identifikatorische Kraft der Literatur ist von großer Bedeutung für eine knospende Liebe zum Lesen, doch sie wird häufig geboren aus Einsamkeit und Missverstandensein und erscheint mir heute deshalb zumindest teilweise suspekt, da sie potenziell eine Nähe zur Literatur entstehen lässt, die zu wenig mit der Literatur und zu viel mit dem Leser zu tun hat. Die Ausgewogenheit bleibt aus. Als Verlorener las ich früher bisweilen unkritisch und anspruchslos, so wie es einem ausgesetzten Straßenhund ganz gleich ist, welche Hand ihn streichelt.

Als junger Leser hatte ich mehr mit Dostojewskis Raskolnikow gemein als mit meinen Mitstudierenden, auch wenn ich keinen Axtmord ausheckte. Heute ist mir die Fremdheit, die Eigenartigkeit und Eigensinnigkeit von Rors Literatur wie aller Literatur wichtiger als die einst verspürte Vertrautheit.

Rors Literatur spricht mich heute so sehr an, weil mein damaliges Leben *nichts* mit ihr zu tun hatte. Manchmal frage ich mich, ob mich seine Schreibe so angesprungen hätte, wenn sie mich zu einer anderen Zeit meines Lebens gefunden hätte, wenn ich wie ein romantisches Lesebürschchen unter einem Baum mit Nachtigallen gesessen hätte, der Tag durchtanzt von silberglänzenden Birken in einem hautschmeichelnden Frühlingswind, mit Vogelserenaden im Ohr und mit Liebe im Herzen.

Obschon ich überzeugt bin, dass es eine Ökologie des Lesens in meinem Leben wie in jedem Leseleben gibt, dass die mich umgebenden Umstände und die Orte wie Zeiten meines Lebens einen unerhörten Einfluss haben auf meine Leseerlebnisse, so glaube ich, dass Ror mich auch anderweitig irgendwie gefunden hätte, so wie ich sicher bin, dass ich meinen Lebensmenschen A. gefunden hätte, auch wenn wir uns noch jahrzehntelang verpasst hätten. Vielleicht wäre ich später auf Rors Literatur gestoßen, vielleicht hätte ich ganz anders zu ihr gefunden. Doch für den Kern seines Werkes, der für mich in den verschieden ausgeformten Brüchen und Lücken und Löchern steckt – dafür wäre ich immer empfänglich gewesen.

Der Eindruck, dass der Blitz mich traf, wäre zutreffend gewesen, ganz gleich, wie ich zu dieser einmaligen Literatur gekommen wäre. Nicht weil ich mich in ihr wiederfinde, sondern weil diese Literatur mir widersteht – bis heute. Weil Rors Sprache die verschiedensten Veränderungen meines Leselebens bis heute überstanden hat und weil sein Werk mich von mir selbst befreit. Nicht Spiegel, sondern Fenster. Und weil jedes Leben Brüche kennt, ist Rors Werk potenziell eine Literatur für jedes Leben.

Lese ich Ror Wolfs Gedichte heute, weiß ich noch immer nicht, was mich erwartet, obwohl ich sicher bin, dass ich jedes veröffentlichte Gedicht kenne. Doch sie bleiben neu. Schabernack schleift sich schwer ab. Wolfs beste Gedichte erzeugen gleichzeitig Lust und Unbehagen. Eine erotisierende Umheimlichkeit durchweht seine Lyrik. Es läuft mir beim Lesen nicht selten ein köstlicher Schauer über den Rücken, nicht weil ich mich fürchte, sondern weil mir etwas von dieser Lyrik auf eine Weise in den Körper wirbelt, die mich nicht allein im Herzen berührt, nicht allein im Geist, sondern im Rückgrat. Immer wieder finde ich in dem idiosynkratischen Zauber des Wolfkosmos ein Geheimnis, in das ich mich fallen lassen will mit all meinen Sinnen, mit meinem gesamten Geist, mit meinem gesamten Körper, um einen Augenblick all diesen Bindungen meines Seins zu entkommen. *Um sich in diesem Zauber sonnen zu können, liest ein kluger Leser das Werk eines Genies nicht mit dem Herzen, nicht so sehr mit dem Gehirn, sondern mit dem Rückenmark. Dort zeigt sich das verräterische Prickeln, trotz der gewissen Distanz und Gelassenheit, die wir beim Lesen bewahren müssen. Dann können wir mit einem Vergnügen zugleich der Sinne und des Verstandes zusehen, wie der Künstler sein Kartenhaus errichtet, und Zeuge sein, wie es ihm unversehens ein steinernes Schloss mit Türmen und Zinnen wird.* Vladimir Nabokov

So las ich, so lese ich, so lese ich weiter, immer weiter, wie es der Prolog von *Doktor Pfeifers Reisen* verspricht: *Was gewesen ist, das ist gewesen. / Was noch kommt, das wird man später lesen.*

FRIEDRICH KLUGE: *Etymologisches Wörterbuch der deutschen Sprache*, S. 274.

JACOB UND WILHELM GRIMM: *Deutsches Wörterbuch*, Band 4, S. 1303.

WOLFGANG ISER: *Der Akt des Lesens*, S. III.

MEINE VORAUSSETZUNGEN: In dem Essay von 1966 (1991 überarbeitet) reflektiert Wolf einmalig über den von ihm, frei nach Iser, impliziten Lesenden, der vielleicht eine ideale Leserin, ein idealer Leser ist: »Es ist ein Leser, der Bücher nicht als

Repräsentations- oder Weihegegenstände, sondern als Gebrauchsgegenstände nimmt. Er erwarte nichts HÖHERES von ihnen, sondern etwas anderes: er weiß, daß er es da vor allem mit Sprache zu tun bekommt.«

KARL RIHA: »›mein famili wie wundersam‹. Zu Raoul Tranchirers (Ror Wolfs) Moritaten«. *Über Ror Wolf*, (Hg. Lothar Baier), S. 125.

NOVALIS: *Blüthenstaub*, 282: Novalis begrüßt es, dass ein Leser »das Buch nach seiner Idee bearbeiten« kann. Er nennt Leser »frischthätige Gefäße«.

VLADIMIR NABOKOV: *Die Kunst des Lesens*, S. 16–17.

AUS DEN TRANCHIRER TAPES · DRITTER STREICH

Aus einem Gespräch vom 31. Oktober 2019. Ror schenkt mir eine Gesamtausgabe von Robert Walsers Bleistiftgebiet.

ROR WOLF: Ich habe ja immer behauptet, dass ich ein Robert-Walser-Kenner bin.... Beim Nachdenken über Robert Walser habe ich nun aber herausgefunden, dass ich eigentlich nur einen längeren Text von ihm ganz und genau gelesen habe. Das ist der Text, für den ich mit dem Regisseur Peter Lilienthal zusammen einen Film geschrieben habe: *Jakob von Gunten*. Das ist lange her, das war im letzten Jahrhundert.

Ich hab mir immer eingebildet, dass ich viel, viel, viel Robert Walser gelesen habe, aber ich stellte jetzt fest, dass ich zwar immer mal wieder Walser gelesen habe – immer mal durchgelesen, mal aufgeklappt, mal reingelesen und so weiter –, aber ich kenne sein Gesamtwerk nicht.... Das ist ein ulkiger Vorgang gewesen, das festzustellen: *Das hast du ja alles nicht gelesen, das wolltest du nur immer lesen.*

JAN WILM: Erinnerst du dich, wie du auf Robert Walser gestoßen bist?

ROR WOLF: Ich habe ein Seminar mitgemacht, an der Universität in Frankfurt. Das Seminar wurde damals gegeben von Walter Höllerer, und zwar im Jahre des Todes von Robert Walser, es muss also vor dem Weihnachtstag 1956 gewesen sein. Dieses Seminar hat mich so begeistert, dass ich am Ende des Semesters nach Herisau in die Schweiz reisen wollte, weil Walser dort schon in der Heil- und Pflegeanstalt von Herisau war und statt Romane zu schreiben Tische abgewischt hat und so weiter.

Ich hatte den Wunsch, ihn einfach kennenzulernen. Ich wollte ihm gegenübertreten, wollte ihm die Hand schütteln und ihm sagen, wie begeistert ich von ihm war.

Das ist nicht zustande gekommen, weil ich plötzlich kein Geld mehr hatte, das hatte ich sowieso nie damals, nicht mal fürs Hitchhiken. Und kurze Zeit später, ein paar Tage später, ist Robert Walser beim Spaziergang im Schnee gestorben. Und von diesem Zeitpunkt an beschäftigt mich diese *Figur*, und zwar so, dass man glaubt, man muss das Ganze jetzt von vorne nach hinten aufdröseln.

UNVERSCHWUNDEN · PROSA

> Es war gegen Ende des, ach, alles gesagt, alles beschrieben, weiter nichts, aus, schmetternder Donner.
>
> PILZER UND PELZER

Kai U. Jürgens

Rors Erzähltexte beginnen nicht *in medias res*, nicht in der Mitte der Dinge. Nein, sie beginnen später als in der Mitte der Dinge. Allenfalls *sind* sie die Mitte der Dinge. Einerseits, weil das erzählerische Werk rein quantitativ im Mittelpunkt des Œuvres steht. *Vier Texte in Romanlänge und ebenso viele Sammlungen mit Erzählungen bilden gut ein Drittel des literarischen Gesamtwerks; der Umfang verdoppelt sich, wenn man noch die sieben Teile von* Raoul Tranchirers Enzyklopädie für unerschrockene Leser *hinzunimmt.* Die vier romanlangen Texte sind *Fortsetzung des Berichts (1964), Pilzer und Pelzer (1967), Die Gefährlichkeit der großen Ebene (1976), Die Vorzüge der Dunkelheit (2012).* Hinzu kommt weiteres Erzählendes: *Danke schön. Nichts zu danken* (1969), *Die heiße Luft der Spiele* (1980), *Nachrichten aus der bewohnten Welt* (1991), *Zwei oder drei Jahre später* (2003, erweitert 2007).

Doch Rors Prosatexte sind auch die Mitte der Dinge, weil die Erzählwelten von explizit angedeuteten, aber unerzählten Rahmenwelten umschlossen sind. Die Texte beginnen regelmäßig mit einem konkreten Verweis auf zurückliegende Kontexte und enden mit einer Vorausschau auf folgende Ereignisse. Man kann wahllos herausgreifen und wird finden, zum Beispiel den Anfang der Kurzerzählung »Der Bart die Bärte«: *Zieht man alles in Betracht, was bisher geschehen ist, dann ist eigentlich wenig geschehen.* Oder den letzten Satz der zu *Pilzer und Pelzer* gehörigen, aber viel später verfassten Erzählung »Neumanns Bedeutung für die Allgemeinheit«: *Aber davon später.* Oder das Ende von »Ein Blick auf das Leben im letzten September«: *Diese Geschichte ist noch längst nicht vorbei, ich habe den Eindruck, jetzt, in diesem Moment, beginnt sie.*

Nachrichten aus der bewohnten Welt

Zwei oder drei Jahre später

Weil Davor und Danach nicht erzählt werden, schüren die angedeuteten Leerstellen *außerhalb der Erzählwelten* im lesenden Kopf Fantasie und Interpretation. Darüber hinaus ergibt sich durch ein verspätet scheinendes Anfangen verbunden mit einem verfrüht wirkenden Aufhören das köstliche Schwebegefühl, das sich durch die Lektüre von Rors Texten einstellt. *Das, was sie für den Leser jenseits ihres Stoffs interessant macht, scheint immer außerhalb des Textrands zu liegen, auf den die Erzähler beharrlich hinweisen.* In einem Gespräch mit Rudolf Gier und Joachim Feldmann von 1988 wird Ror darauf angesprochen, dass seine Erzählungen nicht zu Ende erzählt werden, und er antwortet: *Zu Ende erzählt werden sie schon. Es ist eben nur nicht das erwartete Ende, das gewohnte Ende. Solche trockenen Schlüsse reizen mich – solche fast abgehackten Entwicklungen. Das ist alles wie im Leben auch: so eine Art von plötzlicher Bodenlosigkeit. Man tritt auf einmal ins Leere.*

Jürgens

Man befindet sich beim Lesen auf unsicherem Terrain, alles scheint vorläufig, veränderlich und metabolisch, einem andauernden Verschlingen und Verschwinden unterworfen. Das Alltägliche ist vom Unheimlichen ergriffen: *Das Banale ist gefährlich geworden.* Die große Ebene eines Textes wirkt entleert, und doch birgt sie Gefahren. In poetischer Hinsicht bietet die Unsicherheit einer solchen Textwelt aber ebenso direkte Vorzüge wie die Dunkelheit – *ich komme später darauf zurück*.

Die Poesie der kleinsten Stücke

Pilzer und Pelzer

Ganz klar, alles Lesen in der Moderne ist eine bedrohliche Sache. Weil das moderne Sein ein Wackelgerüst über dem Nichts ist und selbst die Verweise der Sprache zielloser wurden, ist auch das Lesen existenzieller geworden. Die gesamte Existenz ist von Totenluft umweht, selbst die Festigung des eigenen Ichs ist in Auflösung begriffen, seit Ich eigentlich auch ein anderer ist. Die Erschütterungen der Moderne sind in Rors Literatur dabei aber meistens kein Grund zu größerer Aufregung, mitunter sind sie nicht einmal der Rede wert. Keine Wut gegen das Sterben des Lichts. In Rors Werk gehören die modernen Beben ganz einfach zum Status quo, sie sind nicht ungewöhnlicher als das Löffeln von Suppe oder das Aufsetzen eines Huts. Was zur Folge hat, dass das Absetzen eines Huts und das Auslöffeln einer Suppe aber den Anschein von existenzerschütternden Vorgängen besitzen können.

Die Unsicherheiten beginnen bereits bei den Gattungsbezeichnungen der Prosa. Als Genre-Ausschlachter und aufgrund der Verweigerung der Abgeschlossenheit des Erzählrahmens mied Ror zunächst die Gattungsbezeichnung *Roman* für *Fortsetzung des Berichts* wie auch für

Pilzer und Pelzer. Der Erstling erschien ohne Genrezuweisung, der Zweitling trat in die Literaturwelt als *Eine Abenteuerserie*. Später verwies Ror auf sein Quartett aus längeren Prosatexten aber immer spielerisch mit den Bezeichnungen *Heimatroman* (*Fortsetzung des Berichts*), *Abenteuerroman* (*Pilzer und Pelzer*), *Reise-Roman* (*Die Gefährlichkeit der großen Ebene*), *Horrorroman* (*Die Vorzüge der Dunkelheit*).

Nicht ungewöhnlich für einen Autor, der über fünf Jahrzehnte lang auserlesen produktiv blieb, schaufelt sich das Werk langsam zu einem Spätstil hin, eine Abfolge, die sich von dem dichten Sprachgebüsch in *Fortsetzung des Berichts* zu einem entlaubten Wortgeäst in *Die Vorzüge der Dunkelheit* auswächst. *Die Reihenfolge kann allerdings auch ganz anders gewesen sein.*

Die nächste Geschichte

Die Nachgeborenen der Moderne – immerhin ist Gott längst tot und man ist nicht mal mehr Herr im eigenen Haus – stehen vielleicht immer etwas spät in der Welt herum, und in mancher Hinsicht ist Rors erzählerisches Werk von Anfang an *spät* gewesen. Zum einen fehlt scheinbar eine größere Lehrgeldphase, das behelfsmäßige Versuchsstochern auf dem Weg zum eigenen Stil. *Fortsetzung des Berichts* wirkt unmittelbar formvollendet, ästhetisch radikal und neu, wenn auch geschult am Nouveau roman und den Vorreitern wie Vorreiterinnen namens Franz Kafka, Robert Walser, Samuel Beckett, Alain Robbe-Grillet und Gertrude Stein. Zum anderen erscheint mir das Gesamtwerk auch spät, da das Erzählte mit nostalgischem Rückblick nicht nur längst Vergangenes überschaut – das tut die Literatur meistens –, sondern weil so viel Vergangenes ausgelassen wird und Rors Erzählungen so von Leere durchhöhlt scheinen, als würden die Texte selbst zu den Lücken und Brüchen, die sie auch inhaltlich umkreisen.

Das Erzählwerk ist ein Spätwerk. Der Verweis auf Früheres ist ins Sprach- und Zeitgewebe der Texte eingeflickt, und das Abwesende, das Fehlende, das Vergangene sind Kernelemente all seiner Texte, von Anfang bis Ende. Die Zeiten vermischen sich, wie Vergangenes in der Erinnerung.

Fortsetzung des Berichts zum Beispiel überlagert zwei Erlebnisebenen des Ich-Erzählers, wie er Alltagszeit mit seiner Frau und Verwandten verbringt, die alle an verschiedenen Krankheiten leiden, wie er mit ihnen eine Mahlzeit einnimmt und das Haus der Familie verlässt, während ihm auf seinem Spazierweg verschiedene Personen und Grotesken, immer wieder aber auch Erinnerungen begegnen, die sich ins Gegenwartserleben einfalten. Kurz nach Publikation des Buchs schrieb der Autor darüber: *Das Geschehen, auf seine Grundlinie reduziert, ist ein Kontinuum von Alltäglichkeiten, das sich in Zimmern, Gängen, Ortschaften, Landschaften abspielt, Schauplätze zugleich des Konkreten und Phantastischen. Die Zeitfolge, und das ist der formale Entwurf des Buches, ist zerbrochen, das Nacheinander wird durch ein einfaches alternierendes Prinzip aufgehoben: zwei Schauplätze, zwei Erzählstränge, vermischen sich.*

Dieses erste Buch trägt den in der Vergangenheit begonnenen Bericht schon im Titel, und gleich der erste Satz ist rückblickend ins Gestern gerissen, während sich die Sprachbewegung voranschiebt: *Nun, nachdem ich alles beschrieben habe, diese zurückliegende Zeit, diesen*

Weg, mit den Bewegungen und Erscheinungen, den Bildern und Geräuschen, diese Landschaften, mit den Knollen, Kuppeln, Buckeln, den Rinnen, Wannen und Gruben, nähere ich mich dem Ende des Berichts. Anfang und Ende sind hier und auch sonst durch Reihungen haptischer Substantive fest verklammert, wie die Buchstützen von Geburt und Tod durch das Leben dazwischen untrennbar verbunden stehen.

Durch den Verweis auf früheres und späteres nicht Erzähltes entsteht beim Lesen der Eindruck einer abwesenden Anwesenheit und einer anwesenden Abwesenheit – ein unheimlicher Zustand, der sich in den übers gesamte Œuvre hinweg wiederkehrenden Figuren widerspiegelt. Die meisten von ihnen sind Abtaucher und Verschwinder: Doktor Q, Hans Waldmann, Lemm und Klomm und Wobser und Collunder, ja, selbst der Vater des autobiografisch gefärbten Erzählers in »Mitteilungen aus dem Leben des Vaters«, jener Erzählung, die mir aus dem Frühwerk am liebsten ist: *So verging diese Zeit. So verschwand er plötzlich. So war er verschwunden. Ich sah ihn nicht mehr. … Aber eines Tages kam er wieder zum Vorschein.*

Für mich stehen diese flüssigen Wirklichkeitszustände, diese aufgeweichte Ontologie, bei der Abwesenheiten und Anwesenheiten abwechselnde und austauschbare Zustände sind, unmittelbar damit verbunden, wie das Verlorene oder Entrückte durch eine Ästhetik der Negativität im Erzählwerk in Szene gesetzt wird. Ähnlich wie die Nutzung des negativen Raums in Rors Bildcollagen, wird das Abwesende in seinem Prosawerk wiederholt durch kontextuelle Anwesenheit herausgearbeitet. Ein Loch an sich gibt es nicht, es entsteht erst durch die umarmende Umgebung.

Obschon Ror ein von der Literaturkritik immer höchst geschätzter Schriftsteller war, der bis auf den Georg-Büchner-Preis so gut wie alle großen Literaturpreise Deutschlands gewann, gibt es innerhalb seines Œuvres naturgemäß eine Reihe von Werken, die weniger geschätzt sind als andere. Während *Fortsetzung des Berichts* und *Pilzer und Pelzer* sehr wohlwollend aufgenommen wurden, ist der (auch so deklarierte) Reise-Roman *Die Gefährlichkeit der großen Ebene* von 1976 eines der weniger beachteten Erzählwerke.

Vielleicht liegt es an meiner Vorliebe für die Verlorenen, für alles, was überhört und übersehen wird, für das stiefmütterlich Behandelte, oder daran, dass ich mich außerhalb von Gruppen und ihrer gewaltvollen Einigkeit am wohlsten fühle, ja, vielleicht liegt mir deshalb *Die Gefährlichkeit der großen Ebene* so am Herzen. Bei all meiner Lust auf *Fortsetzung des Berichts* und *Pilzer und Pelzer* ist mir *Die Gefährlichkeit der großen Ebene* lieber, unter anderem wegen des Platzes, den der Roman innerhalb des Œuvres einnimmt. Er steht für mich in der Mitte, als Scharnierwerk der formalen Entwicklung und der Kombination von Bild und Text.

Als *Die Gefährlichkeit der großen Ebene* 1976 erschien, hatte Ror zwei Texte in Romanlänge hinter sich und war nach der Publikation von *Pilzer und Pelzer* im Jahr 1967 vermehrt mit dem Verfassen von Kurzerzählungen beschäftigt. Die erste Sammlung *Danke schön. Nichts zu danken* erschien 1969, enthielt aber Texte, die zwischen 1957 und 1969 entstanden sind. Durch seine Auseinandersetzung mit der kürzeren Form auch im Rahmen des Fußballwerks, das in den späten 1960er- und frühen 1970er-Jahren Fahrt aufnahm, scheint es, dass Ror die Verknappung auch ins Erzählen seines nächsten Romans *Die Gefährlichkeit der großen Ebene* aufnimmt. Es ist mehr als eine Finte, dass gerade der erste romanlange Text im Werk, der aufgrund von Struktur und Dramaturgie weniger romanhaft als die Vorgänger wirkt, schließlich als Gattungsbezeichnung *Roman* führt. *Die Gefährlichkeit der großen Ebene* wirkt auf mich wie eine Verschmelzung des radikal verkürzenden und sprunghaft abbrechenden Erzählens von Rors Kurzprosa und des romanhaften Bogens der längeren Werke mit ihrer Figurenkohärenz und der Einheit der Erzählperspektive.

Die inhaltliche Reise-Bewegung von *Die Gefährlichkeit der großen Ebene*, die nicht körperlich und räumlich vorgenommen, sondern vom Ich-Erzähler nur geistig ausgedacht wird, schattet eine Bewegung innerhalb des Œuvres ab: Die Wegbewegung von der sprachlich buschigen Opulenz des Frühwerks zu einem ausgelichteten Schreiben zu einem klaren Spätstil hin, der in dem letzten Roman *Die Vorzüge der Dunkelheit* gipfelt.

Weil alles Reisen in der Vorstellung geschieht, sind die körperlichen Bewegungen des Erzählers in der fantasierten Welt sprunghaft und elastisch, gehorchen keiner realistischen Räumlichkeitslogik. Er wandert am Meer, begegnet verschiedensten Personen und Situationen, streift durch Gebirge und Schluchten und steigt in die große Ebene seiner Imagination hinab. Während *im Kopf alles zuwächst* voller erinnerungshafter Ereignisse, während alles von Binnenerzählungen überschäumt und überquollen wird, sind es vor allem die Bilder, die das Erzählen überwuchern. Die sprachlich gemalten Landschaften wirken wie eine verzauberte Erinnerungswelt an die Tropfsteinhöhlen der Feengrotten in Saalfeld, die Ror für seine bildliche Vorstellungslage als äußerst wichtig empfand. Immer wieder gleitet der Erzähler im Roman in grottenartige Höhlenlandschaften hinein, die aus seiner Vorstellung auf das Hotelzimmer, in dem er sich befindet, projiziert werden: *Von den Wurzelfasern, die von der Decke hingen, tropfte es braun und fettig herab auf uns alle und auf die sich selbst verschlingende dumpf feuchte dampfende Pflanzenwelt. Es war alles still, nur das Tropfen in diesem Hotel.*

Die Gefährlichkeit der großen Ebene erscheint aber auch als Scharnierwerk, was die materielle Gestaltung von Rors Büchern betrifft. In einem Gespräch mit mir am 11. Mai 2018 erwähnte der Autor, dass er während seiner Residency an der University of Warwick, wo er an dem Reise-Roman arbeitete, eine besondere Sammelleidenschaft für kleine Zigarettenbilder entwickelt habe und *mit ihnen auch im Buch spielen* wollte. So kam es dazu, dass die erste Auflage des Romans in der edition suhrkamp 1976 mit zehn dieser Zigarettenbildchen bestückt wurde: Auf schwarzem Grund ziert jeweils eines die nummerierten Titelseiten vor den zehn Kapiteln des Romans.

Die Ästhetik der Zigarettenbilder der Marken Will's Cigarettes und Salmon & Gluckstein's Cigarettes ähneln der Ästhetik von Rors Collagen, indem sie etwa Pflegesituationen oder Zaubertricks darstellen. Während Rors Bildcollagen im früheren Werk eher den Moritaten und sonstigen Gedichten zugeordnet sind – schließlich verweist ihre gestempelte Autorisierung auf Raoul Tranchirers *Moritaten & Collagen* – werden in Folge von *Die Gefährlichkeit der großen Ebene* Rors Bildcollagen konsequent auch mit Prosatexten verkoppelt. Die vorherigen Langtexte und Erzählungen bei Suhrkamp wurden ohne Bilder präsentiert. Allein die Fußballtexte und die Gedichte werden durch Fotografien beziehungsweise Eigencollagen ergänzt.

Die Gefährlichkeit der großen Ebene erscheint wie ein erstes Spiel mit der visuellen Ästhetik von Rors Bildcollagen. Werden die früheren Langtexte nach Rors Weggang von Suhrkamp zum Beispiel bei Luchterhand erneut publiziert, präsentiert Ror sie nun mit zahlreichen Bildcollagen. Die Neuveröffentlichungen von *Die Gefährlichkeit der großen Ebene* in den späteren Verlagen Frankfurter Verlagsanstalt und Schöffling & Co. werden ohne die Zigarettenbilder präsentiert, als hätten die kleinen Bildchen ihren Zweck als Scharniere erfüllt auf dem Weg zur konsequenten Verschmelzung von Bild und Text im weiteren Prosawerk, von den *Enzyklopädien* bis hin zum letzten Roman im Jahr 2012. Einige der Zigarettenbilder hingen bis zu Rors Tod im Wolfwohnzimmer an der Wand, ganz in der Nähe von den gepressten und gerahmten Blütenblättern, die er einmal während eines Besuchs auf dem Friedhof Herisau von Robert Walsers Grab gepflückt hat. Die Zigarettenbildchen hatten ihren Zweck in seinem Werk schließlich so vollkommen erfüllt, dass einige von ihnen zerschnipselt werden konnten und in neuen Bildcollagen von Ror Verwendung fanden, wie jenes Zigarettenbild zweier Hände, das hilfreich darauf hinweist, was mit einem Finger zu tun ist, der einen

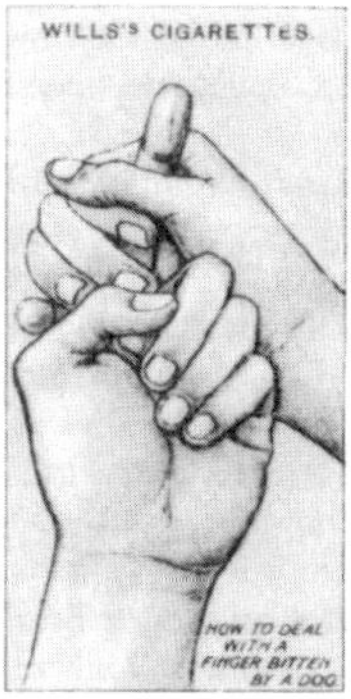

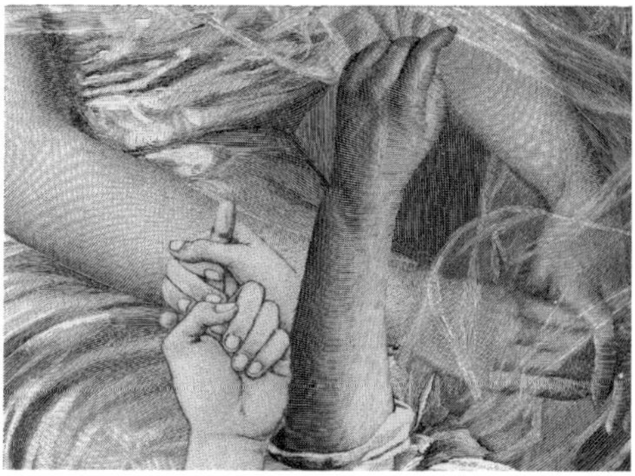

Hundebiss erlitten hat. Es ziert die erste Kapitelseite des Romans und taucht in einer Bildcollage aus den frühen 1990er-Jahren wieder auf. Aber auch was die Erzählhaltung und die ästhetische Gestaltung des Werks betrifft, ist *Die Gefährlichkeit der großen Ebene* ein Scharnierwerk im Œuvre. Die 10 Kapitel wirken mitunter wie Einzelerzählungen, und wenn in *Pilzer und Pelzer* die 40 Kapitel bereits teilweise den Charakter von Kurzgeschichten besitzen, so wird in *Die Gefährlichkeit der großen Ebene* das sprunghafte Erzählen noch übersteigert, bis einem am Ende jedes Kapitels durch einen der reizvollen *trockenen Schlüsse*, die Ror als Merkmal seiner Kurzprosa ansah, vollends der Boden unter den Füßen weggezerrt wird.

Der Reise-Roman verlängert Kontinuitätslinien der beiden früheren langen Prosawerke. Wie in *Fortsetzung des Berichts* wird fortwährend ein Fortgehen fortgeschrieben – quasi fortissimo –, während das erfindende Ich nun allerdings radikaler als im früheren Werk an einer Stelle verharrt. Sind die Bewegungen in *Fortsetzung des Berichts* noch körperliche, so sind sie nun gänzlich in den Geist und die Welt der Vorstellungen, des Ausgedachten eingegangen. Und wie schon in *Pilzer und Pelzer* zerfällt auch in *Die Gefährlichkeit der großen Ebene* das Erzählte in immer wieder abgebrochene und angestotterte Binnenerzählungen, was in *Pilzer und Pelzer* bereits konsequenter vollzogen wurde als in *Fortsetzung des Berichts*, wo erzählte Einzelteile und Erinnerungsbilder fließender miteinander verwischt werden.

Darüber hinaus finden sich ästhetische Neuerungen im dritten Romanstreich. Auch die Dramaturgie des Werks ist eine erkennbare Weiterentwicklung des vorangegangenen Werks *Pilzer und Pelzer*, wo die für Wolf typische Reisebewegung zu Beginn noch ein klares Ziel besaß – ein Ich-Erzähler reist ins Haus einer Witwe zum Kondolenzbesuch. In *Die Gefährlichkeit der großen Ebene* ist die imaginierte Reisebewegung körperlos, da sie räumlich ungebunden ist und flatterig von Erinnerungssplitter zu Erfahrungsscherbe springt. Durch eine lose Grammatik und einen wandelbaren Stil, geprägt von weit kürzeren Sätzen als etwa das von Syntaxschlangen bewegte Erstwerk *Fortsetzung des Berichts*, entsteht das *amorphe, drohend auseinanderbrechende Prosagewächs* von *Die Gefährlichkeit der großen Ebene.*

Volker Hage

Erneut wird hier permanent auf Unkonkretes durch Indefinitpronomen wie *etwas* verwiesen und im dritten Roman auf die Spitze getrieben. Der Etwas-Effekt in Rors Lyrik und Prosa besitzt für mich im Frühwerk immer etwas Anstachelndes, das meine Lesekreativität erst so richtig in Fahrt bringt, wie in einem frühen Bericht über Hans Waldmann: *etwas fault am himmel, frißt und schwillt, / schwitzt und schwärt und gärt in diesem bild.* Die Kolli-

waldmanns hut

sion von ultrakonkreten sinnlichen Verben mit dem unkonkreten *etwas* erzeugt unheimliche Vorstellungen – Bilder –, die über das unmittelbar Geschilderte hinausgehen.

Im Reise-Roman ist der Etwas-Effekt nicht auf den Effekt beim Lesen reduziert, sondern darüber hinaus ganz bewusst mit der inhaltlichen Grundkonstellation des Erzählten verbunden. Die ständige Herausstellung von *etwas* erzeugt Unsicherheit, weil nicht aufgelöst wird, was sich hinter jedem *etwas* verbirgt, ob Gefahr, Bedrohung oder gar das Nichts. Selbst im Hotel zu sitzen und sich an andere Orte zu denken, wie es die Hauptfigur von *Die Gefährlichkeit der großen Ebene* tut, kann durchaus eine Katastrophe darstellen. Man denke nur an Dienstreisen.

Das vorgestellte Fortdenken ist eine Fluchtbewegung, die eine permanente Erzählflucht zur Folge hat. Es scheint, als liefe der Text davon. In einer Vorbemerkung zu *Die Gefährlichkeit der großen Ebene* schreibt Ror über den Erzähler: *Er wird sozusagen zum Roman-Direktor und beginnt das Geschehen zu diktieren.* Beim Lesen habe ich den Eindruck, einem entstehenden, einem sich schnell selbst erzählenden Text beizuwohnen, wie er vor meinen Augen gerade erst geschrieben wird. Um den Narrativstrom in Gang zu halten, greift der Erzähler mit Vorliebe auf die erwähnten Indefinitpronomen zurück. Durch die Figur des Ich-Erzählers und die inhaltliche (Nicht-) Handlungskonstellation wird das Erzählen ganz direkt zum Thema des Textes. Im Hinblick auf das Gesamtwerk wird hier bereits vorbereitet, was dann in den Kurz- und Kürzesterzählungen von *Nachrichten aus der bewohnten Welt* perfektioniert werden wird.

Vielleicht wegen dieses improvisatorischen Gebildes, das

durch den gerade diktierenden Erzähler entsteht, kommt es zu bildbruchartigen Kompositionen und Adverb-Verb-Kollisionen sowie Adjektiv-Substantiv-Kombinationen – augenfällig nicht zueinanderpassende Wortkonstrukte –, die eine ebenso wundersam fantastische Wirklichkeit hervorbringen, wie es Robert Walser mit der *Zerfahrenheit* und *Sprachverwilderung* sowie seinen berühmten Adjektivstürmen vermochte.

Benjamin

Einige Beispiele von Rors Adjektivkollisionen aus *Die Gefährlichkeit der großen Ebene*: *Etwas wischte frauenhaft raschelnd an mir vorbei – etwas wuchs raschelnd von unten herauf und trieb diesen Boden knisternd sanft auseinander, Keime, wächserne Keime – unter diesem gepolsterten Mond – in dieser aufschlitzenden Hitze – die kauende Tiefe*. Und weil sie so besonders sind, einige solcher Lieblingsstellen aus dem Gesamtwerk, aus der Lyrik:

Herr O, Terzinen

in diesen schneckenweichen Winterwochen

Waldmann und der Ernst der Lage, eins

ein revolverkalter mann

Waldmann und der Ernst der Lage, drei

die schöne schwarzgewölbte nacht

Siebzehn Tage unterwegs oder achtzehn Tage, 1. lange Fassung

die fette Glätte

Der Schlung oder: Das Ende der Musik, I

Raben schwirren knarrend aus dem Wald

Und schließlich noch ein paar Prosapreziosen:

Fortsetzung des Berichts

während sich die Messer heben und in das Brot senken,
das schön gewölbt und großäugig vom Tisch glotzt

in einer gehirnausdorrenden Hitze | Fortsetzung des Berichts

ein stumpfer schwerer Abend, dicke dampfende Luft | Pilzer und Pelzer

hohlgefragt von dürren mürrischen Lehrkräften | Mitteilungen aus dem Leben des Vaters

Ein weicher Abend | Jenkins, Parker – oder irgendein anderer

Im Waschbecken fand ich unter dem tropfenden Wasserhahn einen lautlos ineinander verkrochenen gallertartigen Haufen von schädellos plätschrigen Tieren, Seegurken, Quallen, unbekannt tastenden Würmern mit Leibeshöhlen, durchsichtige Geschöpfe | Nachrichten aus der bewohnten Welt

wurmlange Krankheiten brachen aus | Die neunundvierzigste Ausschweifung. Zwölf Kapitel aus dem nackten Leben

ein fetter, etwas fahl aussehender mondscheinartiger Mann | Die nächste Geschichte

Und so weiter und so weiter.

Die im Adjektiv-Clash auftauchenden Gegensätzlichkeiten schreiben den Verfahrenskomplex von Kollision und Kombination, Montage und Collage in die kleinsten Teile von Rors Sprache ein. *Die Gefährlichkeit der großen Ebene* quillt über vor Gegensatzbeschreibungen und Kippmomenten, von Gelenkbewegungen und Schwellensituationen. Anwesenheit und Abwesenheit wechseln sich ab und aus. Die Sprachhöhlen, die durchs Unkonkrete der Indefinitpronomen aufklaffen, haben ihre Entsprechung dabei auch auf inhaltlicher Ebene. Da alles im Moment und unmittelbar vom Ich-Erzähler ausgedacht wird, wie eine Improvisation im Bebop, wirkt das Erzählte kurzlebig und vergänglich, immer einem drohenden Verschwinden unterworfen.

Eines der Hauptmotive des Wolfwerks ist in einer Strophe eines späten Gedichts durch die syntaxvariierende Wiederholung und den Reim bedeutungsvoll ausgestellt:

Jemand schlägt ihn auf den Hut, von hinten:
Das Zergehen, das Zerfließen, das Verschwinden.
Später kann man es noch einmal sehen:
Das Verschwinden, das Zerfließen, das Zergehen.

Der Schlung oder:
Das Ende der Musik, 3

Verschwinden, Zerfließen, Zergehen. Ihre Reihenfolge ist variabel, doch dass sie kommen müssen, ist sicher. In der Gedichtstrophe steckt durch die Wiederholung aber auch ein poetologisches Schlüsselchen fürs Wolfwerk. Denn in dieser fantastischen, wundersamen Welt ist kein Verschwinden vollkommen, und schon gar nicht ewig. Verlorene werden wiedergefunden, Tote bleiben selten länger tot, und verschwinden kann man sogar, ohne sich von seinem Schreibtisch wegzubewegen, so wie der Erzähler von *Die Gefährlichkeit der großen Ebene* es tut – und sein bald ausgedachtes Gegenüber, sein Begleiter, sein Doppelgänger: Nobo.

Auch wenn dieser Doppelgänger zurechtfantasiert ist, ist er eine der zahlreichen Spiegelfiguren, die Rors Œuvre durchziehen. Als Abkapselung eines Ich-Teils ist er ein Sprach-Anstachler, der den Erzähler zum Beobachten, zum Notieren, zum Schreiben bringt. Er ist ein Herrscher und Widersacher, der dem Text Dynamik und Spannung verleiht, ein mit Unheimlichkeit besetzter Gast, der omnipräsent und omnipotent wirkt, verschwinden und einfach wieder eintrudeln kann. Bis der mächtige Nobo im vorletzten Teil des Reise-Romans der Erschöpfung erliegt. Gekränkt von der Ereignislosigkeit des Erzählten, wirkt er am Ende am Ende. Wie der Geist der diesjährigen Weihnachtsnacht in Charles Dickens' *Weihnachtsgeschichte* durch das Verstreichen der Zeit greisiger und förmlich zerbröckelt erscheint, so mutet Nobo älter und erschöpfter an:

Zurückgeblieben war nichts. Nur Nobo. Dort stand er und zog Finger um Finger der Handschuhe ab, ich hörte ihn etwas sprechen, in die Ruhe hinein: Eine solche Verkleinerung seiner Meinung, sagte er, sei ihm noch niemals vorgekommen. Eine solche Schrumpfung an einem einzigen Tag. Nobo setzte sich hin mit dem Entschluß, nie wieder aufzustehen. Er wolle von nun an sitzen bleiben, sagt Nobo, für immer. Es gab eine lange Pause, da saß er, in seine Schmerzen hineingebogen. Seine Aussprüche verdunsten im Laufe der Zeit. Seine Bemerkungen schrumpfen zusammen. Seine Erklärungen funkeln nicht mehr. Er wiederholt das Gesagte mehrmals am Tag. Neuere Forschungen widerlegen ihn grundsätzlich. Seine Mitteilungen erregen Heiterkeit. Überall, wo man vorbeikommt, hört man Gelächter über seine Mitteilungen. Seine Irrtümer machen die Runde. Bald ist er ganz vergessen.

Der vitalistische Nobo wird schließlich nur geschwächt, weil man über ihn lacht, und das ist für mich vielleicht der bedeutendste Aspekt von Rors Werk: die Komik, der Humor, das Lachen und noch viel mehr das Schmunzeln.

Die Funktion der Komik, des Lachens ist im Sinn des großen Lach- und Zeitphilosophen Henri Bergson ein

Korrektiv, das die rigiden Strukturen von Selbst und Gesellschaft zerstreut und somit elastisch und flüssig hält. Das Lachen ist ein Zerstreuen und Zerschneiden, das mit der Ursprungshandlung des Collagierens verwandt ist. Im Angesicht des Schreckens, der großen Zerstückelung des Seins unterworfen, wirkt das Lachen wie eine zerstreuende Zurückweisung dieses Zerstückelns, ein Zerbrechen des Zerbrechens. Denn Lachen ist auch Zerstören: das Furchtbare wird verkleinert, das Entsetzliche wird weggelacht, wie die Schrecken der Dunkelheit im Kindheitskeller davongepfiffen wurden. Lachend schlägt man der Katastrophe der Existenz ein Schnippchen – gewissermaßen mit eigenen Mitteln.

In vielen grauen Stunden war ich für Rors Komik dankbar, etwa wenn mich eine unerwartete Beschreibung in *Fortsetzung des Berichts* durch seine wortschöpferische, genau beobachtende Groteske auflachen ließ:

Neben Schutzer, vor einer Biegung des Tisches, sitzt der steif aufragende Direktor, sein zur Seite gewendetes Gesicht, der Hinterkopf zeigt eine scheibenförmig inmitten einer Haarwurst liegende Platte, ist, mit den in einer Geste eingeschlafenen Händen, auf eine ungeheure neben ihm sitzende weiße Person gerichtet, die, kolossal glatzköpfig, eine Aufschüttung teigiger grobgekneteter Formen, einem sackartigen Leib, einem halslos auf dem Leib liegenden Kopf, mit einem bartumbuschten Mund, einer küchenschnüffelnden topfguckerischen entenschnabeligen wie zum Aufschaufeln aller möglichen müllhaften und sumpfigen Abfälle und Abflüsse des Lebens geeigneten Nase, eine Art Mittelpunkt des Bildes, das ich beschreibe, darstellt.

Im Spätwerk sind es häufig weit kürzere Momente, die

mich auflachen lassen, wie in der Erzählung »Die Ruhe, der Mond und der Tod«, in der ganz plötzlich die ruhige Erzählung durchschossen wird mit dem einfachen Satz: *Man schoß auf uns, wie es damals üblich war.* Oder ein beinahe wie nebenbei eingeschobener Satz aus »Die neunundvierzigste Ausschweifung. Zwölf Kapitel aus dem nackten Leben«: *Ein Abend, der mir, obwohl ich mich danach heftig erbrechen mußte, in allerbester Erinnerung blieb.*

Doch allgemeiner bin ich Rors Werk dankbar: Selbst wenn es mich einmal nicht zum hellen Auflachen bringt, weht doch durchweg etwas durch diese besondere, unwirkliche Wirklichkeit seiner Welt, das mich immer lächeln oder schmunzeln lässt. Es ist unmöglich, Ror Wolf zu lesen und sich schlecht zu fühlen. Seine Ästhetik überformt alles mit einem unwirklichen, glücklichmachenden Glanz. Sein Werk ist für mich Schmunzelliteratur, und dieses schöne altertümliche Wort *schmunzeln* berührt das leicht nostalgische, leicht melancholische, aber immer moderne Gefühl, das mir durch sein Werk entlockt wird. Und falls dieses schöne Wort *schmunzeln* selbst etwas unzeitgemäß wirkt, dann erinnern die Grimm-Gebrüder in ihrem Wörterbuch daran, dass damit ein *wohlgefälliges Lächeln* bezeichnet wird. Selbst wenn Rors Figuren ins größte Unglück stürzen, habe ich seltsamerweise dieses wohlgefällige Lächeln beim Lesen auf den Lippen. Manchmal gerade dann. Nobos Unglück zum Beispiel bringt mich zum Schmunzeln.

Nichts ist komischer als das Unglück, zugegeben. So meint Nell in Samuel Becketts Stück *Endspiel.* Aus diesem Satz, den – zugegeben – eine Figur sagt, die ihr Dasein in einer Mülltonne verbringt und daher vielleicht allen Grund zu dieser Aussage hat, daraus lassen sich zwei gegensätzliche Überlegungen versuchen. Die erste lautet: *Nichts ist komischer als das Unglück*, weil das Komische – der Humor im Allgemeinen – sich aus Übertreibungen ergibt, aus Eskalationen, aus Unordnungen, aus Chaotisierungen und Katastrophisierungen, vor denen Rors Werk nachgerade überschäumt. Das Unglück ist komisch, man muss ihm mit Lachen oder Lächeln begegnen, weil es von der Norm abweicht. Das Lachen über ein Missgeschick, über ein missratenes – oder missglücktes – Wortspiel, über einen Moment des Unglücks ist eine Anerkenntnis, dass einen Moment lang die Welt zerschnitten ist, dass der Lauf der Dinge kurzzeitig unterbrochen ist.

Die zweite Überlegung ist verwandt und doch verschieden. Sie lautet: *Nichts ist komischer als das Unglück*, weil das Unglück der Status quo ist – und die komischen Momente tun nichts anderes, als dem Dasein die schmucke Maske herunterzureißen und zu zeigen, welch unglückliches Gebilde sich dahinter verbirgt. Die Wesen der Welt und der Ort, an dem sie leben, sind unglücklich. Als Marxist der Groucho'schen Richtung könnte man sagen: Das Leben ist ein Club, dem man nicht angehören will, solange man selbst Mitglied ist.

Das Unglück in dieser zweiten Betrachtung ist das Tag- und Alltägliche, die Banalität des Daseins, die Lächerlichkeit des Menschenlebens – es ist also gerade *nichts* Besonderes. *Nichts ist komischer als das Unglück.* Nicht das sogenannte Glück, nicht das sogenannte Normale, nein, das Komische, das Seltsame, das Lächerliche sind Routine, besonders bei Ror Wolf. Das Lachen und das Lächeln deuten dies lediglich heraus und lassen momentweise erkennen, was Sache ist – Schuppen, oder Tomaten, die einem von den Augen fallen. Diese Dynamik des Lachens durchzieht Rors Gesamtwerk, sie berührt sogar noch jene Momente, in denen es überhaupt nichts zu lachen gibt, die nicht mal komisch intendiert sind, denn die Stimmung, die jedes seiner Werke prägt, erzeugt eine besondere Lach-und-Lächel-Haltung in einer freudlosen Welt.

In seinem Roman *Watt* hatte Beckett drei verschiedene Lacher und ihre Funktion beschrieben: *Das bittere Lachen lacht über das, was nicht gut ist, es ist das ethische Lachen. Das falsche Lachen lacht über das, was nicht wahr ist, es ist das intellektuelle Lachen. Nicht gut! Nicht wahr! Nun ja. Aber das freudlose Lachen ist das dianoetische Lachen, durch den Rüssel – ha! – so. Es ist* das *Lachen, der* risus purus, *das über das Lachen lachende Lachen, das verblüfft dem höchsten Witz huldigt, mit einem Wort, das Lachen, das über das lacht, was – Ruhe bitte! – was unglücklich ist.*

Kritik des reinen Lachens. Der *risus purus*, also das reine Lachen, das dianoetische, also das denkende Lachen, das ist eine ganz zentrale Erkenntnistechnik, die es erlaubt, die verstellten Phänomene der Welt und des Lebens zu verstehen, einzuordnen und, vielleicht am allerwichtigsten, sie reflektierend auf Distanz zu halten. Lachen als Erkenntnis und als Erleichterung, wie Immanuel Kant es verstand, oder eben als Korrektiv wie bei Bergson. Über das Leben lachen, um das Leben leben zu können. Der *risus purus* ist ein Lachen, das die Möglichkeit zur Reflexion eröffnet, nicht allein über das, worüber man gelacht hat, sondern auch darüber, *wie* man darüber gelacht hat, indem man beim Lachen ganz kurz eine Einsicht erhält, die innehalten lässt. *Durch den Rüssel – ha!*

Dieses Lachen durch den Rüssel, das leise Lachen durch die Nase, das manchmal nicht mal hörbar ist, das vom Lächeln oder Schmunzeln begleitet ist, ist das Lachen, das sich in Rors Werk am meisten in mir rührt. Für mich ist es ein Lachen gegen das Verschwinden, in dem das Unglück der Existenz in seiner engen Endlichkeit am ehesten konzentriert ist – im Verschwinden, Zerfließen, Zergehen.

Am schönsten kommt dieses Lachen für mich zusammen in Rors letztem, brillantesten Roman, *Die Vorzüge der Dunkelheit. Neunundzwanzig Versuche die Welt zu verschlingen.* Schon die Gattungsbezeichnung lässt mich schmunzeln, weil er sich, wie ein verspieltes Kind, ins Innere der Genrebenennung eingeschrieben hat: *Hor-ror-roman.*

Erneut durch Reisebewegungen dynamisiert, flirrt ein Ich-Erzähler über die ganze Welt hinweg und setzt den Wolf'schen Bericht über Fantastisches und Schreckliches und Groteskes fort – das Projekt, sich die Ereignisse der Welt einzuverleiben und sie zu Sprachkunstwerken zu collagieren: *und ich war ein berühmter Reisender, der die Absicht hatte, die Welt zu verschlingen.*

Die himmelfahrende Sprachkomik, die witzigen Wendungen, die seltsamen Schmunzelwörter finden sich auf jeder Seite und wirken in diesem Roman perfektioniert, gänzlich mühelos und schwerelos, ungeheuer sprachlustig, niemals sprachlastig. *Diese Welt bestand, wie ich später in einem meiner Aufsätze beschrieben habe, wirklich aus einer Reihe sehr schöner Worte, die mir immer dann einfielen, wenn ich sie nötig hatte.*

Einige Eindrücke? Aber bitte: *Schildkröten in Schußweite – Später saß ich in einem dunklen Café wie im Magen einer Maus, die den Menschen im Vorbeigehen die Köpfe abbeißt – Ich schlief ein und ich wachte auf, in dieser Reihenfolge – Ende September wohnte ich in Chicago und sang – Eines der Tiere setzte sich auf ihn und fraß ihm ein Loch in den Leib, und als er sich auf die andere Seite drehte, fraß es ihm auf der anderen Seite ein Loch in den Leib. Heute lebt er in Bamberg, wo es ihm gut geht. – Wenn das so weitergeht, sagte ich, hört es bald auf.*

Während ich mit abenteuerliterarischer Verve dem Ich-Erzähler auf seinen Eskapaden folge, schwebt für mich über allem dennoch der Duft des Unheimlichen. Wie in den meisten seiner Prosabücher nach dem Weggang von Suhrkamp schmücken zahlreiche Bildcollagen auch dieses Werk – nicht nur auf den Umschlägen, sondern auch im Text. Sie partitionieren und unterbrechen immer wieder das Textgeflecht, zergliedern humorvoll die Fortbewegung der Erzählung, bringen mich zum Innehalten und Nachdenken, bis ich weiterlese. Durch diese Wechselbewegung der Bild- und Textrezeption ergibt sich für mich ein paradoxer Zustand von Vorangetriebensein bei gleichzeitiger Verzögerung.

Der Spätstil hat hier durch Entschlackung, Entlaubung zu seiner Vollkommenheit gefunden. Der letzte Roman wirkt entleerter, da realistische Umgebungsbeschreibungen zurückgenommen sind, dabei aber Rors satte Sprache weiterhin Appetit macht, seine Wortwelt zu verschlingen. Ludwig Harig
Im letzten Roman sind die Sätze häufig verknappt, die Handlungsparameter sind auf eine noch selbstverständlichere Weise aus der Sprache gekämmt. Ich gleite beim

Lesen entlang und bin nur immer wieder angehalten durch die paradiesfarbenen oder monochromatischen Bildcollagen. Es ist ein Buch, das ich wieder und wieder an einem Nachmittag lese. Die Fülle der Sprachbilder, der zur Fantastik verfremdeten Alltäglichkeiten sowie die wahrhaftig grellschreienden Groteskereien vermitteln mir dabei aber immer den Eindruck, ich hätte nicht nur einen einzigen Roman gelesen, sondern neunundzwanzig – die Anzahl der Kapitel, die Anzahl der verschlungenen, mit Sprache eingeschaufelten Welten.

Die Vorzüge der Dunkelheit ist für mich ohne Zweifel der Höhepunkt des Œuvres, auch weil die Motive von Verschlingen, Verschwinden, von Ausfließen und Dunkelheit, die von Beginn des Gesamtwerks an aufschimmern, hier wie in einer Enzyklopädie des Wolf-Œuvres versammelt werden. Dabei werden sie aber noch einmal gebrochen, erneuert, neu montiert und immer wieder so ausgestreut, dass jegliche Versteifung oder Verkrustung dieser Ästhetik ausgeschlossen scheint. Es ist für mich eines der größten Sprachkunstwerke meiner bisherigen Lese- und Lebenszeit.

Unter diesen Hauptmotiven in Rors Œuvre, verbunden mit dem Zerfließen, Zergehen, Verschwinden, ist die angemerkte fortschreitende Verdunkelung, *die offenbar unaufhaltsame Verschlechterung der Verhältnisse*. Dahinter verbirgt sich die einfache Beobachtung, dass alles ganz langsam entropisch ins Nichts ausgleitet, verschwindet. In Rors Werk wird die Dunkelheit häufig aufgenommen oder durch das Zwillingsmotiv des Zerfließens umschattet, als tropfte alles davon, als stotterte das gesamte Sein hauchend und heimlich der Stille entgegen, so wie in

T. S. Eliots Gedicht »Die hohlen Männer« die gesamte moderne Existenzleere der *Ausgetropften* in den Schlusszeilen gefasst wird: *Auf diese Art geht die Welt zugrund / Nicht mit einem Knall: mit Gewimmer.*

Die Vorzüge der Dunkelheit macht eindeutig greifbar, dass die moderne Krankheit des Erschlaffens, des Wenigerwerdens auch hochkomisch sein kann. *Aber aus mangelnder Gelenkigkeit, Zerstreutheit oder Widerspenstigkeit des Körpers haben* nach dem Gesetz der Trägheit *die Muskeln ihre frühere Bewegungstätigkeit fortgesetzt, während die veränderten Umstände es anders geboten. Darum ist er gefallen, und darüber lachen die andern.* Henri Bergson

In Rors letztem Roman, der nicht zufällig, sondern bewusst von ihm als Endpunkt des Prosawerks angesehen wurde, werden alle im Œuvre umkreisten Motive noch einmal umgewendet, zerstört und neugeordnet. Im Gesamtwerk ist dem Ende, dem Verschwinden, der Dunkelheit, bei all ihren Schrecken immer ein natürlich auf sie folgender Prozess eingeschrieben, so wie auf das Ende einer Geschichte nur eine neue folgen kann, selbst wenn es dieselbe ist, neu gelesen, neu verstanden. So wie auf das Ende eines Tages ein neuer folgt, schließt an die Dunkelheit das Licht an, auf die Erschlaffung folgt die erneute Vitalisierung: *Ich durchkroch mulmige Ritzen, ich bestieg schwankende Baugerüste und Drahtgeflechte, ich durchschritt aufschwingende Türen, bis die Dunkelheit vollkommen hereinbrach. Am nächsten Morgen erkannte ich die ungeheure Ausdehnung der Welt.*

Wie das Lachen durch eine Erschlaffung der ernsten Steifheit der Welt hervorgerufen wird und einen Augenblick lang die Härte allen Seins durchbricht und zerstreut, so ist der entschiedene Vorteil der Dunkelheit, dass die Welt anschließend im Licht erscheint, als wäre sie neu zusammengesetzt und man könnte sie neu-gierig abermals von Neuem verschlingen.

Mit Blick auf das gesamte Prosa-Œuvre, bewegt sich alles auf diesen Punkt hin, auf diese locker und lässig gestrickte Prosa, die dahingleitet wie die Töne eines Jazz-Improvisators auf der Höhe seines Könnens, dessen Modulationen aber auch vom Wert des Schweigens wissen, vom Wert der Auslassungen und Leerstellen, um Lesende immer wieder in die Brüche und Löcher seines Werkes einzusaugen.

Der Spätstil Rors ist, wie Adorno es mit Blick (mit Ohr) auf Beethoven schrieb, *durchfurcht, gar zerrissen.* Weil die späteren Werke immer entleerter wirken, weil Handlung überflüssig geworden scheint und dennoch weitererzählt wird und weil die kohärenten Anschlüsse zwischen einzelnen Erzählungssplittern mit einer selbstverständlichen Konsequenz übergangen werden, sind die Lesenden gänzlich eingebunden in staunende Bewunderung oder kreative Interpretation der Texte, permanent zum Denken provoziert und somit intensiv auf ihre eigenen subjektiven Erfahrungen und Erinnerungen angewiesen. Beim Füllen von Rors Leerstellen sind Lesende eingeladen, mitzucollagieren. *Dann erst fügt das nächste Bruchstück sich an, vom Befehl der ausbrechenden Subjektivität an seine Stelle gebannt und dem voraufgehenden auf Gedeih und Verderb verschworen; denn das Geheimnis ist zwischen ihnen, und anders läßt es sich nicht* Adorno *beschwören als in der Figur, die sie mitsammen bilden.*

Ich lese Rors spätes Werk und habe manchmal einen

Lidschlag lang den Eindruck, ich schriebe selbst daran mit. Ich lese und glaube, ich dürfte einen Augenblick lang neben Ror am Schreibtisch sitzen und zuschauen, wie diese Wortwelten übungsmäßig auszweigen, durch Kombinieren, durch Imaginieren zusammengebaut werden in der Wirklichkeitsfabrik. Ich lese Rors Werk und glaube, er ist wieder da, und ich bei ihm. Wir sitzen zusammen im Wohnzimmer auf dem Kupferberg, wo er die letzten drei Jahrzehnte seines Lebens mit seiner Frau wohnte, und wir reden über Alltägliches. Wie früher manchmal läuft eine Jazzplatte, von einem der Charlies vielleicht, Mingus oder Parker, Ror trommelt etwas auf der Lehne seines Ledersessels herum und sagt noch einmal die zwei einfachen Sätze, die er während meines Besuchs am 3. Dezember 2017 zu mir sagte und die ich nicht vergessen habe.

Draußen lag mächtig der Schnee, die Heizung rauschte, wir tranken Kaffee und betrachteten die ungeheure Menge an Bildcollagen, die Ror im Laufe seines Lebens geklebt hat. Wir durchtauchten die Welten, die der Mensch neben mir erschaffen hatte. Unsere Herzen schlugen im selben Raum. Ich war sein Gast dort, wie ich es bin, wenn ich ihn lese, und dann sagte er diese Worte mit der selbstverständlichen Gelassenheit eines Menschen, dem am Ende des Lebens, am Ende des Werkes, nicht der Erfolg, nicht der Markt oder der Wert seiner Arbeit wichtig war, sondern nur die im Moment vergleitende Arbeit selbst, und dann sagte er die zwei Sätze: *Ich habe hier alles, was ich brauche. Dort gibt es Musik, da gibt es einen Kaffee, und hier schreibe ich.* Es sind schöne Sätze, die ich mir manchmal vorsage, wenn ich bei meiner eigenen Arbeit sitze. Es sind Sätze, die mir meine eigene Arbeit erleichtern.

Seit seinem Tod will es mir jeden Tag, an dem ich an ihn denke, so vorkommen, als wäre etwas aus mir herausgebissen worden. Als Schriftsteller fehlt er mir nicht: Sein Werk steht vollständig in meinem Bücherregal und steckt unverbrüchlich in meinem Herzen, in meinem Rückgrat, und wenn ich ihm begegnen will, schlage ich eines seiner Bücher auf und lese darin auf die ungezwungen willkürliche Weise, von der Ror sein Leben lang als Lektüreideal schwärmte. Jedes seiner Werke – Gedichtbände, Erzählbände, Romane – blieb für ihn ein *Text, der keineswegs von vorn nach hinten gelesen werden muß, sondern zu* Jürgens *einem freieren Umgang bei der Lektüre anregen will.*

Doch er fehlt mir als Mensch. Als Freund. Beinahe jeden Tag. Und erst seit ich dieses Buch schreibe, will mein Geist mir weismachen, dass er wirklich verschwunden ist.

Als ich ihn kennenlernte, spürte ich unmittelbar, dass wir uns immer gekannt hatten, als hätte es eine lebenslange Erfahrungs- und Erinnerungsmasse gemeinsamer Zeit gegeben, an die wir anschließen könnten, wie mit neuen Teilen einer unterbrochenen, aber nie beendeten Erzählung. Rational weiß ich, dass er fort ist, doch als Fiktionär und vor allem als Leser habe ich an allem Rationalen allenfalls Teilinteresse. Und eigentlich weiß ich, irgendwann kommt er einmal wieder zurück. Ja, plötzlich wird er einmal wieder da sein. Wie Doktor Q, wie Hans Waldmann, wie Klomm und Lemm und Collunder und Wobser und wie all die anderen Auf-und-Abtaucher, die Verschwindungskünstler seines Werkes heißen.

Das Gefühl, dass Verschwundensein keinen Duft von Dauer besitzt, habe ich nicht erst von Ror gelernt. Die nachhaltige Anwesenheit aller Menschen, die mir im Laufe meines Lebens verloren gegangen sind, haben mich aber von Anfang an für seine Kunst empfänglich gemacht, als hätte ich immer auf seine Werke gewartet.

Für den Dienstag, der auf den Montag seines Todes folgen sollte, waren wir verabredet. Ich wollte ihn besuchen. In der Woche zuvor hatten wir telefoniert und uns verabschiedet mit den Worten: *Mach's gut.*

Ich werde warten, wenn nötig bis an mein Lebensende, bis es zu unserem nächsten Treffen kommt. Bis dahin blättere ich in deinen Büchern.

Schluß folgt.

Danke schön.
Nichts zu danken

VOLKER HAGE: In der Rezension in der *Frankfurter Allgemeine Zeitung* vom 19. März 1977 ist Hage zwar beeindruckt von Rors ästhetischer Radikalität, betrachtet das Werk aber als den Vorgängern unterlegen und fragt sogar: *Hat sich Wolfs Schreibmethode erschöpft?* Hat sie nicht.

THEODOR W. ADORNO: *Dazu der bärbeißige Humor als Mittel zur Formtranszendenz: als »Kaputtschlagen«.* Die große Liebhaberin des Wolfwerks Brigitte Kronauer schreibt über das Verhältnis von Komik und Collage zu Rors Ästhetik: *Zwei Wörter, die im Zusammenhang mit Ror Wolf obligatorisch zu sein scheinen, sind bisher noch nicht gefallen: Clownerie und Collage. … Das Wort Clownerie mögen die Deutschen nicht? Ich mag es auch nicht und zwar* nicht *deshalb, weil ich der Meinung wäre, Literatur dürfe keinen Spaß machen, wenn sie ernst genommen werden will, sondern weil man damit jemanden ein für alle Mal in eine Ecke stellen kann. Wenn er einen Laut abgibt, lacht man.*

LUDWIG HARIG: *Ror Wolfs Sprache ist eine satte Sprache, man genießt sie. Sie macht Appetit. – Es ist die Sprache, die selbst ihr eigenes Thema ist.*

AUS DEN TRANCHIRER TAPES · VIERTER STREICH

Aus einem Gespräch vom 15. Juli 2019. Ror schaltet das Radio ein, um mir eine Musik vorzuspielen, die ihn seit Tagen fertigmacht. Der Jazzliebhaber Wolf spielt mir das Programm von HR1 *vor, um mir das zu zeigen, was er als »schreckliche Musik« und »Totschlagmusik« bezeichnet hat: es läuft ein Rocksong aus den 1980ern. Anschließend komme ich auf Rors Film* Keep Out *zu sprechen.*

ROR WOLF: Hab ich dir mal von der Zeit erzählt, als der Film gelaufen ist? Das ist lange her, da war ich noch bei Suhrkamp. … Da haben mich hinterher viele Leute angerufen, das war damals üblich. Es lief noch kein volles Programm im Fernsehen, und Befreundete riefen mich an und sagten mir: *Ich hab' deinen Film gesehn* und so weiter – Ludwig Harig zum Beispiel. Und da rief mich auch Elisabeth Borchers an. Elisabeth Borchers war Lektorin, eine der Cheflektorinnen bei Suhrkamp. Sie hatte das Telefon nur in die Hand genommen, um mir zu sagen: *Ich habe mich jetzt eine Stunde lang gelangweilt.* Das fand ich typisch. Wir konnten nicht miteinander. … Der Film ist ja völlig anders gemacht als ein gewöhnlicher Spielfilm, nicht nur vom Technischen her, sondern auch von der Ablaufgeschwindigkeit. …

Der Chef von Eintracht Frankfurt damals gab mir keine

Hand mehr danach. Der wendete sich ab, als ich auf ihn zuging. Das habe ich für gewöhnlich so gemacht, und sonst sagte er immer: *Ach, Herr Wolf, wie geht's?* Jetzt marschierte er in die andere Richtung. Richtige Verachtung war das. …

JAN WILM: Ich finde den Film ganz großartig, und ich meine, er müsste endlich von mehr Menschen gesehen werden. Ich verstehe nicht, dass er nicht im Fernsehen gezeigt wird, zu Fußball-Weltmeisterschaften zum Beispiel.

ROR WOLF: Im Fernsehen weiß kein Mensch mehr, dass da ein Film liegt, der von mir gemacht worden ist über Eintracht Frankfurt mit Thommy Rohrbach. Genazino spielt ja auch mit. *(Ror stimmt das Lied »Für eine Nacht voller Seligkeit« an, das von Wilhelm Genazino im Film gesungen wird.)* Na ja, es hat einfach Spaß gemacht. Auch Ärger. Aber auch Spaß. Ein Jahr lang hab ich mich damit beschäftigt. Und dann hinterher geschrieben: Nie wieder mach' ich einen Film. … Aber eins ist mir auch klar. Ich hab dir vorhin von einer Musik erzählt, die tagelang im Radio läuft. Irgendjemand muss die ja hören. Und wenn das Publikum inzwischen so ist, dass es diese Krachmusik, diese krumme Krachmusik liebt, dann hat alles andere kaum noch eine Chance.

LINKSAUSSENSEITER · FILM

> Weit am Tor vorbei, vorbei,
> hoch, als ob Papier es wäre,
> fliegt er leicht und sorgenfrei
> aufwärts in die wolkenschwere
> atemlose menschenleere Luft,
> hinaus aus dem Geschrei.
>
> DER LETZTE BALL

Als Ror Wolfs einziger Film *Keep Out* am 6. November 1975 um 22.00 Uhr im ZDF lief, konkurrierte das Werk mit dem damaligen Ministerpräsidenten von Rheinland-Pfalz in der ARD: *Die Fernseh-Diskussion mit Helmut Kohl.*

Der Spiegel kündigte Rors Film im Fernsehprogramm damals so an: *Der Schriftsteller Ror Wolf, der sich mit seinem Kicker-Buch (»Punkt ist Punkt«) für die »Frankfurter Eintracht« den Ruf des »Fußballdichters der Nation« erwarb, schildert in seinem mit Spielhandlung durchsetzten Film Auf- und Abstieg des exzentrischen Profi-Kickers Thomas Rohrbach … Über der mühsamen Arbeit an dem Psychogramm wurde Wolf das Filmen vermiest: »Mein letzter Film.«*

Keep Out wurde im Auftrag des ZDF produziert und vom Programm als »Kamerafilm« bezeichnet, worunter *eine programmstrategische und werbliche Bezeichnung* zu verstehen ist, die der Sender *für Produktionen eingeführt hat, die nicht dominierend narrativ waren oder die Kamera nach anderen Kompositions- und Auflösungsstrategien führten als denen des konventionellen Kinos. Die Bezeichnung wird immer noch verwendet, obwohl sie in sich widersinnig ist – als ob andere Filme auf der Drechselbank gedreht würden.* Die Arbeit an *Keep Out* begann Ror im Jahr 1974, also zu einer Zeit, als er sich bereits länger intensiv mit der Ökologie des Fußballs, mit dem sprachlichen, klanglichen und bildlichen Material rund um den Ballsport auseinandersetzte. 1969 begann er sich mit dem Hörspiel als Kunstform zu beschäftigen, um als freischaffender Autor auch finanziell freier zu sein. Rors erstes Hörspiel *Der Chinese am Fenster* wurde 1971 gesendet, und der Beginn der Hörspielarbeit steht in enger Verbindung mit dem Collagieren von Sprachmaterial über den Fußball.

Das Lexikon der Filmbegriffe

Zunächst fand die Beschäftigung mit dem Fußball auf dem Papier statt, in Gedichten wie dem folgenden vierten Sonett aus dem Rammer-&-Brecher-Zyklus, in dem das sprunghafte, erregte, derbe Sprechen eines Zuschauers einer vermurksten Partie parodiert wird, während das Gedicht aus dem Zerfall der Syntax entsteht:

Das ist doch nein die schlafen doch im Stehen.
Das ist doch ist das denn die Möglichkeit.
Das sind doch Krücken. Ach du liebe Zeit.
Das gibt's doch nicht. Das kann doch gar nicht gehen.

Die treten sich doch selber auf die Zehen.
Die spielen viel zu eng und viel zu breit.
Das sind doch nein das tut mir wirklich leid.
Das sind doch Krüppel. Habt ihr das gesehen?

Na los geh hin! Das hat doch keinen Zweck.
Seht euch das an, der kippt gleich aus den Schuhn.
Ach leck mich fett mit deinem Winterspeck.

Jetzt knickt der auch noch um, na und was nun?
Was soll denn das oh Mann ach geh doch weg.
Das hat mit Fußball wirklich nichts zu tun.

Der letzte Satz des Gedichts ist natürlich nicht allein eine abwertende Floskel zum Spiel mit linken Füßen, sondern macht deutlich, dass es Ror bei der Arbeit an seinem fußballerischen Werk nicht in erster Linie ums Thema geht, sondern um die Ästhetik, die dieses Thema umgibt und vermittelt: die Sprache, die Schnelligkeit der Bewegung sowie die ritualisierte Inszenierung von Emotionen, Reaktionen und Aggressionen beim Zuschauen.

In meiner Kindheit lebte einmal der spätere Nationalspieler Uwe Bein eine Weile im selben Haus wie ich. Mehr Berührungspunkte mit Fußball gab es in meinem Leben eigentlich nicht, und so hatte ich anfangs Berührungsängste gegenüber Rors *Keep Out*. Als ich mich endlich dazu durchrang, den Film anzuschauen, es war im Fußballsommer 2018, war ich von den ästhetischen Anklängen ans Westernkino, den surrealistischen Film sowie an Rors literarisches Werk so begeistert, dass ich mir anschließend sogar einige Partien der Weltmeisterschaft in Russland ansah. Aber: *Noch mehr vom Fußball auf den nächsten Seiten.*

Rammer & Brecher
Sonette, 7

Über seinen Fußballfilm sagte Ror später: *Das zentrale Thema des Films ist nicht etwa der Alltag eines Fußballspielers, sondern die gesellschaftlich-soziologische Situa-*

tion eines Außenseiters. Es geht darum, das Verhältnis eines Menschen zu einer Gruppe zu analysieren, von der er in jeder Beziehung abhängig ist, doch deren Gesetzen und Regeln er sich nicht anpassen will.

Seit 1966 fing Ror mit einem Tonbandgerät bei Fußballspielen und beim Mannschaftstraining der Eintracht Frankfurt die Sprache und den Klang dieses Themas ein, so wie er später für seine Hörspiele auch andere O-Töne der Wirklichkeit ablauschte. Zum Ausgangsmaterial seiner Fußballwerke schrieb er: *Ich habe es zwischen 1966 und 1981 gesammelt: in Sport- und Tageszeitungen, aus Radio- und Fernsehberichten, im unmittelbaren Kontakt mit den Akteuren: den Spielern, Trainern, Schiedsrichtern, den Reportern und vor allem den Zuschauern, bei meinen ausführlichen Wanderungen über Tribünen und Stehkurven, bei Busfahrten zu gnadenlosen Auswärtsspielen, bei Fan-Club-Festen, an Kneipentheken, Biertischen und an den Rändern der Trainingsplätze, wo man die wirklichen Experten trifft, die Naturdarsteller dieses nie zu Ende gehenden Total-Theaters.*

Das nächste Spiel ist immer das schwerste

In dem Fußballbuch *Die heiße Luft der Spiele* (1980) und der erweiterten, endgültigen Sammlung der Fußballtexte und Bildgeschichten in *Das nächste Spiel ist immer das schwerste* (1982) befindet sich ein transkribierter Monolog von Thomas Rohrbach, der als Narration einen wichtigen Teil des Films *Keep Out* ausmacht und den Titel »Rohrbachs Geschichte« trägt. Durch den Titel, den melancholischen Ton und das Thema von Verweigerung sowie durch den Sonderlingstatus der Hauptfigur entstehen Parallelen zu Robert Walsers Kurzerzählung »Helblings Geschichte«, die auch für Rors bekanntestes Hörspiel *Leben und Tod des Kornettisten Bix Beiderbecke aus Nord-Amerika* (1986) eine wichtige Rolle spielen wird. Doch: *darauf werde ich noch zurückkommen.*

Pilzer und Pelzer

In der später leicht veränderten Nachbemerkung zur erwähnten Fußballsammlung »Abschließende Worte zum Fußball« merkt Ror dazu an: ROHRBACHS GESCHICHTE, *Mittelpunkt der* NACHRICHTEN AUS DEM SPIELERLEBEN, *wurde 1975 aufgezeichnet für den Film* KEEP OUT, *den ich mit dem ehemaligen B-Nationalspieler gemacht habe. Thomas Rohrbach war damals einer der schnellsten trickreichsten Linksaußen der Bundesliga; aber er war auch ein Außenseiter, einer, der sich nicht anpassen ließ, der seinen eigenen Kopf hatte und ihn behalten wollte; einer, gerade noch auf dem Weg nach oben, der sich plötzlich auf der Auswechselbank wiederfindet, der sich aus der Mannschaft gespielt hat, den Verein wechseln will und, weil er eben ein Spieler ist, mit den Angeboten anderer prominenter Clubs solange spielt, bis er ganz aus dem Spiel ist.*

Die heiße Luft der Spiele

Das Sprachsammeln und Klangcollagieren, das Ror zur Zeit der Filmarbeit seit etwa einem Jahrzehnt erprobte, erlaubte ihm mit *Keep Out* seine Collagekünste in ein weiteres Medium zu übertragen und die Komplexität seiner Ästhetik noch zu steigern. Einen ersten Kontakt mit dem Medium Film und mit medienüberschreitenden Phänomenen machte der leidenschaftliche Walser-Leser bereits Ende der 1960er-Jahre, als er mit dem Regisseur Peter Lilienthal Walsers Roman *Jakob von Gunten* für einen ZDF-Fernsehfilm adaptierte. Ror war Lilienthal als Walser-Spezialist empfohlen worden, und der Film wurde am 6. Oktober 1971 mit Hanna Schygulla als Lisa Benjamenta und Sebastian Bleisch als Jakob von Gunten im ZDF gesendet.

Mit *Keep Out* wird Ror nun selbst zum Regisseur und verbindet die im Hörspiel erlernte Collagetechnik von Klängen mit der Montage von Bewegtbildern und setzt darüber hinaus szenische und narrative Passagen ein. Der Film blickt in Thomas Rohrbachs Zeit im Kader von Eintracht Frankfurt, wo er von der Saison 1970/71 bis zur Saison 1974/75 im Mittelfeld spielte, zum Ende hin aber häufig am Spielfeldrand saß.

Filmaufnahmen während der Fußballspiele zeigen den Spieler mit der Nummer 11 daher auch oft auf der Ersatzbank, jedoch verpflanzt der Film das Motiv des Banksitzers von Anfang an aus dem konkreten Fußballkontext in allgemeinere Spielfilmszenen. Der Westernliebhaber Ror Wolf inszeniert Rohrbach von Beginn an als einen Outlaw oder einen Gunslinger, einen einsamen Revolverhelden. Eine Bank an einem Bahnsteig dient als Schauplatz, der einem Western entstammen könnte, in dem der vereinzelte Held auf einem wüstenleeren Bahnsteig gespannt auf die Ankunft eines Zuges wartet, wie zum Beispiel in Fred Zinnemanns *Zwölf Uhr mittags*, oder dem Film, dessen Anfangsszene eine Hommage an Zinnemanns Klassiker darstellt, Sergio Leones *Spiel mir das Lied vom Tod*.

Rors eigene Hommage an den Western wird in *Keep Out* sogar musikalisch unterstützt, da der Soundtrack eine melancholische Musik aus Gitarre, Schellenkranz und später marschartiger Snare Drum einsetzt, wie es zahlreiche Spaghetti-Western vorgemacht haben. Auch Rohrbachs Kleidung suggeriert das Wildwestthema, da er in der Szene eine zeitgeistgerechte so weite Schlaghose über cowboystiefelhaften Schuhen trägt, dass man mit etwas

Fantasie meinen könnte, er trüge lederne Chaps wie die Cowboys zu Pferd, um die Hosen zu schützen.

Der Film beginnt mit einem Prolog, einer ersten Einstellung, die von unten ein schmutziges Glasdach zeigt, das bald in Zeitlupe von einem darauf fallenden Ball zerschossen wird, während Rors Fußballtext »Hinaufsteigen« wie ein Gedicht darüber deklamiert wird. Schon die nächste Einstellung zeigt mit Einsetzen der Westernmusik übergangslos die leere Tribüne eines Fußballstadions, hinter der ein Müllauto entlangfährt und Staub nach sich aufwirbelt, als wäre es die berühmte durch die Wüste driftende Postkutsche aus John Fords *Ringo – Stagecoach*.

Auch später greift der Film mehrfach musikalische, klangliche und bildliche Western-Versatzstücke auf, dekonstruiert und zerschnipselt sie aber stets und enthebt sie ihrem sinnhaften Kontext, um sie collagenartig an neue Bedeutungen oder Bedeutungslosigkeiten anzuschließen. Beispielsweise lässt der Film den existenziell ins Straucheln geratenen Rohrbach einsam durch nachmittagsleere Gassen eines geschlossenen Wochenmarkts mit verbarrikadierten Läden streifen, als wandere er durch eine Geisterstadt oder als ginge er zum Showdown auf einer offenen Straße in einer Westernstadt entlang, die von den Bewohnerinnen und Bewohnern fürs Duell geräumt wurde – geradeso wie in *Zwölf Uhr mittags*, wo Gary Cooper sich dem Duell mit dem Banditen Frank Miller stellt.

In *Keep Out* ist der Bandit jedoch der mit Schnauzbart und Sonnenbrille ausgestattete Eintracht-Mannschaftskollege Bernd Lorenz. Die beiden schreiten langsam aufeinander zu, während die Tonspur die westerntypische Gitarren- und Schlagzeugmusik mit Wind überrauscht und Rohrbachs Erzählerstimme über Rivalen wie *Lorenz zum Beispiel* von Bedrohung und Konkurrenz spricht: *Ich bin einfach von mir so überzeugt, dass ich weiß, ich bin stärker.* Zuvor war Lorenz von einem der immer wieder eingespielten Expertenmeinungen aus dem hessischen Publikum unmittelbar als Rivale von Rohrbach ins Spiel gebracht worden: *Der Rohrbach hat wahrscheinlich seine Chance verspielt, weil der Lorenz momentan im Komme' is' durch seine Tore.*

Während Rohrbach und Lorenz zunächst in abwechselnd montierten frontalen Halbtotalen mit steifer, lauernder Körperspannung aufeinander zugehen, folgt anschließend eine Totale. Die Kamera filmt aus einem der geschlossenen Marktstände heraus die leere Gasse, auf der die beiden Gegner sich einander mit todernstem Gebaren nähern. Dabei greift die Kamera erneut bis ins Detail auf die Bildlichkeit des Westerns zurück: Ein senkrechter Balken an der rechten Seite des Bildes durchteilt die Einstellung und nimmt damit das typische Westernmotiv der beobachtenden Stadtbevölkerung auf, die aus dem Innern ihrer Läden und Häuser heimlich das Duell auf offener Straße beobachtet.

Ganz anders als im Western sucht Wolfs Film aber nicht die Lösung des Duells durch sich entladende Waffen, sondern durch die zerstreuende Befreiung des Humors. Denn die bedrohlich aufeinander zuschreitenden Ballhelden gehen lediglich aneinander vorüber, während sie sich mit der linken Hand kameradschaftlich abklatschen und weiterziehen. Die Komik des Moments wird noch übersteigert durch ein Wolfsheulen, das die Tonspur übernimmt, wodurch sich der Regisseur des Films gleichzeitig abermals der Westernklaviatur bedient, sich indirekt aber auch in sein Werk einschreibt, indem er durch das Geräusch eines Wolfs seinen Nachnamen anklingen lässt.

Rors Beschäftigung mit dem Western ist von großer Bedeutung, da die durchweg von einer klaren Handlungsbewegung getriebene Kunstform konträr läuft zu Wolfs Interesse an handlungsentleerter Montage. Wie an Rors Prosa zu erkennen ist, wird jedoch der vorwärtsdrängende Spannungsbogen eines Westerns nicht einfach gelöscht, sondern von der Plot-Ebene auf eine ästhetische Stufe gehoben, geradeso, wie Ror es einst für Peter Weiss' Prosa diagnostizierte: *Wo die Handlung als Movens ausgelassen ist, hat jeder Satz soviel Wert wie der andere, jeder hat die Funktion, den nächsten zu erreichen, jeder schraubt sich in den folgenden und der letzte, der unter keinen Umständen der allerletzte ist, in den Leser selber, wo er weiterrotiert.*

Meine Voraussetzungen

Die Poesie der kleinsten Stücke

Keep Out unternimmt ästhetisch einen verwandten Versuch und führt bei mir zu einem ähnlichen Weiterrotieren in mir selbst, lange nachdem der Film zu Ende ist. Dies wird erreicht durch eine visuelle und klangliche Poesie der kleinsten Stücke, indem die verschiedensten Medien, die Ror bearbeitete in seinem Film zusammencollagiert und gleichzeitig ästhetisch ausgeschlachtet werden.

Der Film bringt verschiedenste Filmtechniken und Erzählverfahren in Kollision. Ein ästhetischer Showdown. Experimentelle, collagehafte Passagen werden bildlich und klanglich aneinandergereiht und verschachtelt: Schnipsel von Fußballkommentaren aus dem Radio mit Aufnahmen von Zuschauern, die sich alle als Fußballexperten ausweisen, werden über Eindrücke von Rohrbach auf dem Spielfeld und auf der Ersatzbank gelegt. Das Werk setzt in Einstellung, Schnitt und Klang so vielseitig die Möglichkeiten von Film um, dass es scheint, *Keep Out* sei nicht allein eine Collage über den Fußballsport und über Thomas Rohrbach, sondern auch eine Collage der ästhetischen Möglichkeiten des Mediums Film an sich. Dabei besitzt *Keep Out* eine reizende Komponente von produktiver Naivität, denn als Zuschauer fühle ich mich eingeladen, zuzusehen, wie ein Künstler sein Arbeitsmedium entdeckt.

Jumpcuts zergliedern den narrativen, logischen Fluss einer Szene; Bildwiederholungen in Zeitlupe von Kopfballübungen im Training zeigen die Spieler der Eintracht zunächst nur beim Anlauf, nicht aber beim Abschluss des Köpfens; Überblendungen fügen Rohrbachs vereinzelte Figur auf dem Spielfeld in sein Gesicht ein; grüne und rote Filter werden über Fußballszenen gelegt und färben die Bilder in Signalfarben grün wie einen Fußballrasen oder rot wie eine der offiziellen Vereinsfarben der Eintracht – oder wie die Karte für den Platzverweis.

Keep Out gestaltet sich darüber hinaus wie ein Sammelsurium der ästhetischen Komponenten des Wolf'schen Gesamtwerks, wie einer der Setzkästen in der Wolfwohnung auf dem Kupferberg in Mainz, in dem sich Objekte befinden, die aussahen, als entstammten sie einer von Rors Bildcollagen: Uhren, Muscheln, Weltkugeln und Fußballfiguren aus dem Spiel Tipp-Kick mit dem bekannten Kopf-Knopf. Als Setzkasten der Wolf-Ästhetik beinhaltet *Keep Out* auch alle Genres und Medien, die Wolf bearbeitete: der anfangs rezitierte Text mutet wie eines seiner Gedichte an, der Film beinhaltet erzählerische und montierte Sprache wie in seiner Prosa, er collagiert Klänge, Geräusche und Musik wie im Hörspiel und zerschneidet nicht zuletzt Visuelles wie in seinen Bildcollagen.

Der Film ist Portfolio und Reel und Werkschau zugleich, und in einer späten Szene wird sogar wie nach dem Matrjoschka-Prinzip eine von Rors Bildcollagen selbst gezeigt. In einer der spielfilmartigen Szenen geht Rohrbach auf eine Tür in einem verlassenen Gebäude zu und öffnet sie. Die Tür führt allerdings nicht weiter und Rohrbach steht vor einer Mauer, an der die Bildcollage angebracht ist. Sie zeigt Teile eines gezeichneten Menschen, die kubistisch zu Frontalansicht und Profilansicht zerlegte Hälfte eines Gesichts. Wie viele der Bildcollagen in Rors Werk inszeniert auch diese Collage negativen Raum, da die Körperpartikel auf einfachem schwarzem Grund gezeigt werden, und weil die Bildcollage gerahmt an einer Wand hängt und von Rohrbach betrachtet wird, ist auch ein Teil seines Körpers im Glas vor der Collage abgespiegelt, wie zuvor in den filmischen Überblendungen.

So wird gleich mehrfach die Materialität von Rors bearbeiteten Medien unterstrichen, da das Verfahren der Collage, das in dem Film ganz wortwörtlich als Schneiden und Kleben am Schnitt-Tisch der Cutterin Yvonne Kölsch vorgenommen wurde, in der materiell abgefilmten Bildcollage gespiegelt und gleichzeitig gebrochen wird, so wie Rohrbach im Glas abgespiegelt, aber auch körperlich fragmentiert wird, da nicht seine ganze Figur sichtbar ist. Weil der gesamte Film sich im Wesentlichen mit Rohrbachs Innenleben beschäftigt – mit seinen Reflexionen und eben nicht primär mit seinem sportlichen, also körperlichen Können – nimmt die gezeigte Bildcollage diesen Aspekt des Films auf und zeigt, statt beispielsweise einen

Fuß oder ein Bein, das zerlegte Gesicht auf eine Weise, dass es erscheinen mag wie eine Maske. Dies wiederum klingt in Rohrbachs Klage darüber an, dass ihm die Rollen des Spielers als Ware im Fußballgeschäft sowie des unangepassten Außenseiters zuwider ist.

Die Materialität des Mediums Film wird aber noch auf eine subtilere Weise angedeutet, wenn ein Paternosteraufzug frontal gefilmt wird, wie er seiner kreisläufigen Beförderungsbewegung nachgeht. Eine selten im Film gezeigte Beförderungsmaschine ruft – wie auch in Jacques Tourneurs *Berlin-Express*, wo die Paternoster im Frankfurter Poelzig-Bau gezeigt werden – durch seine Kreislaufmechanik die Bewegung von Filmmaterial durch einen Projektor auf, so wie die Namensgebung der Aufzuganlage für die verwandte Bewegung des Rosenkranzes beim Beten von Ave Maria und Vaterunser steht. Doch mehr als eine Spielerei, ist auch das Zeigen des Paternosters mit einer noch unmittelbareren Bedeutung angereichert. Denn während in der linken, nach unten fahrenden Kabine Rohrbach steht, steht in der rechten, nach oben fahrenden der Mannschaftskollege und -rivale Lorenz. So wird einerseits die später im Film folgende Duellszene vorweggenommen und andererseits auf das fußballspezifische Thema von Absteigen und Aufsteigen angespielt: der abgestellte Rohrbach steigt ab, der Konkurrent aus den eigenen Reihen aber steigt auf.

Der Film *Keep Out*, von der Kritik und Forschung über Rors Werk meist als nebensächlich betrachtet, ist ein Schlüsselwerk seines Œuvres, da er seine ästhetischen Mittel, seine Medien und seine bildlichen wie motivischen Versatzstücke an einem Ort versammelt. Ror betrachtete seine Fußballarbeiten immer als Collagen, die mit vorgefundenem Material arbeiten: *Alle diese Geschichten, Gedichte, Berichte, Bildfolgen, Expertengespräche, Szenen, Zitate, Nachrichtenbündel, Collagen sind Teil einer einzigen großen Collage, die auch wieder nur ein Ausschnitt von dem ist, was etwa siebenmal in der Woche zu sehen und zu hören ist.*

Abschließende Worte zum Fußball

Sein Fußballfilm kann als Collage seiner gesamten ästhetischen Mittel und Möglichkeiten betrachtet werden, auch weil das Hauptverfahren des Films – die Montage, der Schnitt – so eng mit Rors literarischen und visuellen Arbeitsweisen verbunden ist.

Der Schnitt – Zerschneiden, Zerstückeln, Zerschnetzeln – ist aber auch noch auf andere Weise Teil des Films, denn *Keep Out* nutzt die der Collage und Montage eigene Kombination von Unzusammenhängendem nicht allein im Collagieren von Fußballszenen mit Rohrbach. *Da wurden, mit Hilfe von Bild-Antithesen, meisterliche Sequenzen vorgeführt, da zeigt der Autor der Sendung, Ror Wolf, eine Collage.* Darüber hinaus bringt der Film die Szenen auf dem Fußballplatz, auf der Ersatzbank oder im Mannschaftsbus – wo die Spieler nicht miteinander reden und Bernd Lorenz erst im *Playboy* liest und dann einen Stapel Autogrammkarten signiert, während Rohrbach unbeschäftigt melancholisch aus dem Fenster schaut – immer wieder in Kollision mit Szenen aus Rohrbachs Beruf und Leben, die Walter Jens in seiner Besprechung des Films *willkürlich, beliebig und unfunktional* fand. Als wäre das etwas Schlechtes!

Walter Jens

Was Jens *als belangloses Happening* bezeichnet, ist dabei für den gesamten Film essenziell, nicht nur weil speziell in diesen Szenen die Collage an sich sowie das Phänomen des Tranchierens aufgerufen werden. In diesen Abschnitten integriert der Film einen geheimnisvollen Mann, der sich mit weißen Dienerhandschuhen und Sonnenbrille in einer schlossartigen Ruine aufhält und dessen Szenen keine narrative Funktion zu besitzen scheinen. Auch er ist vielleicht eine ferne Anspielung auf Walsers *Jakob von Gunten* und die Dienerschule des Instituts Benjamenta – eine ganz ähnliche besuchte Walser in Berlin –, oder auf Walsers Prosaminiatur »Ein Diener«. Darin wird der Diener von Charles Dickens' *David Copperfield* als ordnungsstiftender Gegenpol zum Lebemann Copperfield porträtiert. Eine ganz ähnliche Rolle kommt dem Mystery Man in *Keep Out* zu, dessen Szenen Rohrbachs Fußball-Fisimatenten gerade dadurch Ruhe verleihen, weil die Szenen mit dem Diener unaufgeregt und narrativ konventionell erzählt werden, ohne hektische Schnitte oder Fußball-O-Töne, ohne Collagenästhetik.

Der Mystery Man mit weißen Dienerhandschuhen und Sonnenbrille tritt erstmals auf, nachdem Rohrbach während eines Fußballspiels auf der Ersatzbank gezeigt wurde und er im Voiceover berichtet hat: *Also ich fühl mich beschissen und allein, und das Beschissene dran ist, das ist ja letzten Endes die Verurteilung für dich, weiter auf der Bank sitzen zu müssen.* Nach der Klage über das *Leiden*, das Rohrbach auf dem metaphorischen Abstellgleis empfindet, ruft der Mittelfeldspieler auf der Tonspur laut zwei Mal nach einem *Schröder*.

Schnitt. Die nächste Einstellung zeigt zwei weißbehandschuhte Hände, wie sie eine gläserne Schiebetür mit Holzrahmen öffnen. Die Dienerfigur tritt auf. Schwarzes

Jackett über einem hellgrauen T-Shirt, kurzes Haar, große Pilotensonnenbrille. In manierierter Theaterstimme sagt der Mann: *Mein Name ist Max, mein Herr. Was kann ich für Sie tun?* Schnitt. Die nächste Einstellung zeigt Rohrbach in weißem Anzug auf einem Gründerzeit-Holzstuhl neben einer Silberschale und vor einem Kerzenleuchter sitzend, als befände er sich in einem Herrenhaus und habe seinen Gehülfen gerufen. Als Antwort auf die Frage, was der Butler für ihn tun könne, sagt Rohrbach aber mit provokant melancholischem Ton lediglich: *Nichts.*

Das Vorgehen bei diesen Passagen ist aus den surrealistischen Filmen Luis Buñuels bekannt, die er anfangs in Zusammenarbeit mit Salvador Dalí drehte: Eine realistische Erzählform und Mise en Scène werden verwendet, um auf Handlungsebene, innerhalb der Szenen und zwischen den einzelnen Filmabschnitten durch Zusammenhanglosigkeit zu irritieren und zu interessieren. So wie Buñuel und Dalí die Ideen von Sergej Eisensteins Filmtheorie übernahmen, die besagte, dass gerade die Kollision gänzlich unzusammenhängender Einstellungen eingesetzt werden kann, um Emotionen und Affekte in den Zuschauenden hervorzurufen, so nutzt auch Ror in *Keep Out* das Aufeinandertreffen von Zusammenhanglosem zwischen den Fußballszenen und den Szenen mit Max, um zu irritieren. Darüber hinaus laden gerade die irritierenden Szenen zwischen Rohrbach und seinem Diener dazu ein, sie mit Bedeutungen oder Symbolen aufzuladen.

Buñuel und Dalís erste Zusammenarbeit, der Film *Ein andalusischer Hund* von 1929, montiert in einer der bekanntesten Szenen einen von einer klingendünnen Wolke durchschnittenen Vollmond mit einem von einer Rasierklinge durchschnittenen Auge und symbolisiert somit das radikale Ende jenes Sinnes, der für die Wahrnehmung des Kunstwerks und Mediums Film nicht unerheblich ist. Die Zerstörung des Auges durch die Klinge im Film führt augenzwinkernd die Destruktion des Mediums und seiner Rezeptionsmöglichkeit vor, als wäre es eine selbstzerstörerische Performance.

Naturgemäß ist die in *Ein andalusischer Hund* vorgeführte Augenzerstörung auf basalster Ebene eine Körper-Zerschnetzelung, die das Thema des Todes anrührt. Im Film von 1929 führte Buñuels entomologische Leidenschaft dazu, dass das Thanatos-Thema auch durch den Einsatz von Ameisen, die als Aasfresser wie eine Kavallerie zur Entsorgung eines Kadavers anrücken, visualisiert wird.

Zu den in *Keep Out* einmontierten surrealistisch anmutenden Filmpassagen gehört eine Einstellung, in der eine ähnliche Zerstörung eines Körpers angedeutet wird, allerdings nachdem der Tranchierer längst seine Arbeit getan hat. In einer Szene werden Innereien gezeigt, aufgewölbte graue, braune und rote Gedärmwülste, die auf einem weißen Tischtuch oder einem Bettlaken liegen. Die Hände der Figur Max reichen von links ins Bild hinein und ziehen sich ihre weißen Handschuhe über den Innereien aus. Darunter kommen durchsichtige Untersuchungshandschuhe zum Vorschein. Dann nehmen die Hände eine leere Zigarettenschachtel hervor und öffnen sie, worauf eine Kakerlake aus der Schachtel herausfällt, über die Innereien huscht und davonläuft.

Schon von *Fortsetzung des Berichts* an weist Rors Werk eine Innereien-Motivik auf, wo beispielsweise ausschweifend große Mengen ausgenommener Fischmassen geschildert werden – *die Eimer mit dem blau- und grünschimmernden Geschlinge der Innereien.* Das Motivgeflecht erstreckt sich über das gesamte Œuvre, zum Beispiel im lyrischen Werk, wo es in einem Gedicht von 1990 heißt:

Ach April, der Monat der Geschwüre,
der Gewüchse, der Gewächse, der Geschlinge,
der Geschwülste und der schwarzen Dinge,
die ich tief in den Gedärmen spüre.

Zwölf Monate später

Im Spätwerk kommen beispielsweise *die Gedärme der Erde* zur Sprache, und in Rors letztem Werk der *Enzyklopädie* findet sich ein ganzer Artikel zum verwandten Thema:

Die Vorzüge der Dunkelheit

Aufschlitzen. In bequemer Haltung sitzt mir ein Mann gegenüber, er hat eine Gabel in der Hand, mit der er gerade ein Stück Rinderbraten aufspießt. Nun fällt mir ein tiefer nachdenklicher Zug in seinem Gesicht auf. Er grübelt. Es handelt sich um den Leser. Ich bedaure sehr, daß ich ihm jetzt unangenehme Dinge zumuten muß und wünsche mir, daß er das Stichwort *Aufschlitzen* mit einer gewissen Gelassenheit liest. Ich beginne also in aller Ruhe mit der Beschreibung: Ein Schlächter tritt auf und wirft sich auf ein Rind, er schlägt ihm mit einem langen starken Messer die Flechsen oberhalb der Kniekehle ab, so daß das Tier zu Boden stürzt, dann durchschneidet er mit einem kurzen scharfen Messer das Rückenmark. Um das spätere Abstreifen zu erleichtern, zieht er rasch und vorläufig vom Kopf die Haut ab und stürzt sich sofort auf ein anderes Rind, um mit einem langen starken Messer das Tier aufzuschlitzen und das Schlachten fortzusetzen. Ein anderer Schlächter wühlt zur gleichen Zeit bis zu den Ellenbogen in einem aufgeschnittenen Leib, rupft die Därme schmatzend heraus, das Herz, die Lunge, alles, was er in die Hände bekommt, und wirft es auf den nackten nassen blutigen Boden. Das übrige ist dem Leser, dessen Aufmerksamkeit jetzt vornehmlich auf den Tisch, an dem er sitzt, gerichtet ist, bekannt. Er nimmt das Messer, die Gabel und ißt beruhigt weiter.

Raoul Tranchirers Notizen aus dem zerschnetzelten Leben

Die durch das gesamte Œuvre sich schlingende Innereienmotivik steht freilich in Verbindung mit dem Tranchiermotiv, und in *Keep Out* lese ich die irritierende Innereienszene unter anderem als eine weitere Instanz des Einschreibens.

Hat sich der Wolf durchs Heulen während des Duells zwischen Rohrbach und Lorenz klanglich in den Film eingeschrieben, schreibt er sich hier subtil als Tranchirer in sein Filmwerk ein. Wichtiger aber ist die unmittelbare semantische Irritation, die durch das krasse Bild der ausgenommenen Tierinnereien ausgelöst wird, das radikale Zerschnetzeln der Logik innerhalb des Films.

Ror sagte mir in einem Gespräch, die Szenen mit Rohrbach und dem Diener seien in einem verfallenen Hotel in Wiesbaden gedreht worden – *das haben wir ausgeschlachtet*. An die Innereienszene schließen sich Einstellungen des verfallenen, entkernten Gebäudes an, und es folgt nach einer Überblendung mit Rohrbach eine weitere enigmatische und scheinbar willkürliche Szene, die durch ihre

Gespräch am 12. März 2019

Kontexte innerhalb und außerhalb des Films jedoch an Bedeutung gewinnt.

Rohrbach betrinkt sich allein am Tresen in einer Bar. Der Hintergrund ist dunkel wie der negative Raum einer Collage. Auf dem Soundtrack wird das Geschrei von erregten Fußballfans während eines Spiels von einem alten jazzigen Schlager überlagert, der bald gänzlich die Tonspur übernimmt. Kurz darauf wird Licht ins Dunkel hinter Rohrbach gebracht, und in einem Spiegel im Hintergrund werden zwei Herren in Abendgarderobe sichtbar, mit Spazierstöcken und Boater-Strohhüten, die tanzend den Song »Für eine Nacht voller Seligkeit« mit Foxtrott-Rhythmus singen. Die Männer werden gespielt von Nikolaus Jungwirth und Wilhelm Genazino, und das von ihnen für Rohrbach dargebotene Ständchen ist selbst ein Stück Filmmusik. Komponiert von Peter Kreuder für den Film *Kora Terry* von Georg Jacoby aus dem Jahr 1940, wurde das Lied ursprünglich von Marika Rökk gesungen.

Als Intertext liefert *Kora Terry* – um den Fußballjargon auszuschlachten – über Bande eine Reihe von bedeutungsvollen Echos in *Keep Out*. Angefangen bei der Person Marika Rökks: im Film mimt die Schauspielerin eine Doppelrolle und schließt sich so an das immer wiederkehrende Doppelgängermotiv an, das in Rors Œuvre eine ebenso große Rolle spielt wie in Becketts Werk. Hat man aber Lust, die hermeneutischen Muskeln spielen zu lassen und die Interpretationsdrüse zu stimulieren, könnte man feststellen, dass sich Marika Rökk bekanntlich mit dem NS-Regime arrangierte, um im Filmgeschäft eine Karriere zu machen, die mit *Kora Terry* ihren Anfang nahm. Ror war sich darüber natürlich im Klaren und bezeichnete das von ihm im Film eingesetzte Lied im Gespräch mit mir als *Nazi-Schlager.*

In der Person Rökks ist mithin jenes Ausschlachten des eigenen Könnens, jenes heuchlerische Verkaufen des Talents exemplarisch konzentriert, vor dem sich Rohrbach den gesamten Film über fürchtet.

Natürlich ist es etwas gänzlich anderes, für das NS-Regime die Sing-und-Tanz-Dohle zu machen, als unter widrigen Umständen im Fußballzirkus mitzuspielen. Doch die Echos, die der Film anklingen lässt, erzeugen das *Weiterrotieren* des Films in mir selbst und zeigen mir, welche weitgehenden Assoziationen Rors collagierende Ästhetik in mir möglich macht.

Vom ideologischen Kontext aber einmal abgesehen, wiederholt der Refrain des Lieds »Für eine Nacht voller Seligkeit« die von Günther Schwenn getexteten Zeilen: »Doch ich verschenk' mein Herz nur dann, / wenn ich in Stimmung bin!« Das im Hintergrund von Rohrbachs Alleinsein aufgeführte Lied ist auch ein ironischer Kommentar auf seine Einstellung zum gesamten Sportbetrieb und zum Fußball als Kapitalmaschine mit hohen Ablösesummen und Konkurrenzdruck. Das Verschenken des Herzens, des symbolisch Innersten eines Menschen, gleicht einem Ausschlachten, gleicht einem Verlust des Wesentlichen.

Darüber hinaus klingt durch das Lied einer der Vorwürfe an Rohrbach nach, der im O-Ton von einem hessischen Experten aus dem Publikum eines Fußballspiels über den jungen Spieler geäußert wird: *Ja, ich steh uff dem Standpunkt, er is', woll' emal sagen, mer meint grad', er wär' wetterbedingt. Es is' immer mal irgendwas, da hat er, einmal hat er Tage, dann spielt er auf, dass mer de Hut absetze kann. Dann wieder mal, da kennt mer vor Verzweiflung, da möcht' mer sich erumdrehe und möcht' vom Platz weggehe, also von seim Zuschauerplatz.*

Die Stimme stammt von Heinz Blanz, dessen aufgezeichnete Monologe in zwei späteren von Rors Hörspielen im Zentrum stehen, in der Radio-Collage *Heinz, wie ist Deine Ansicht* (1979) und im Originalton-Hörspiel *Bananen-Heinz* (1983). In *Keep Out* spricht er den häufig an Rohrbachs Charakter monierten Aspekt an, der Mittelfeldspieler sei *sensibel* und müsse in Stimmung sein, um gut zu spielen. In dem Vorwurf von Heinz Blanz, Rohrbachs Spiel sei *wetterbedingt*, höre ich ein Echo eines der bekanntesten Gedichte Rors, »wetterverhältnisse«, das der Autor im Jahr nach Entstehen seines Hörspiels *Bananen-Heinz* verfasste – wie er mir einmal sagte, während einer Zugfahrt, die ihn durch die im Gedicht beschriebene Witterungswandelbarkeit führte:

wetterverhältnisse

es schneit, dann fällt der regen nieder,
dann schneit es, regnet es und schneit,
dann regnet es die ganze zeit,
es regnet und dann schneit es wieder.

In Wahrheit ist Rohrbach ganz und gar nicht unbeständig oder *wetterbedingt*, sondern lediglich idealistisch und integer, vielleicht ja sogar unverkäuflich im übertragenen Sinn.

In *Keep Out* ist er ein Außenseiter, ein Einzelgänger, ein Unangepasster, der das kapitalistische Spiel des Fußballgeschäfts nicht, nur um sein Fußballspiel spielen zu können, zu jedem Preis mitspielen will. In dieser Hinsicht ist Rohrbach, mit dem schönen Anklang von *Ror* in der ersten Silbe seines Namens, auch eine Spiegelfigur und eine Projektionsfläche für Rors eigene Position innerhalb des deutschen Literaturbetriebs. Ror selbst bezeichnete sich mehrfach als Außenseiter in der Literaturmaschine, und darin spielte er zwar sein Spiel, er spielte mit, doch nicht zu jedem Preis und niemals nach den Regeln von Markt oder Kritik. *Nicht daß ich den Kritikern das Wünschen verbieten möchte. Sie dürfen sich alles wünschen. Nur werde ich mich nicht nach ihren Wünschen richten.*

Rede zur Verleihung des Bremer Literaturpreises

Rede zur Verleihung des Hörspielpreises der Kriegsblinden

Von Anfang an beschäftigten ihn die ökonomischen Kontexte und Bedingungen der Literaturmetzgerei des Betriebs, in dem man als Außenseiter und eigensinniger Eigenbrötler schnell auf die Ersatzbank geraten konnte und heute noch in stärkerem Maße gerät. Es gab noch nie einen Markt für wahre Kunst, für Literatur, die die Sprache weitet und die Ästhetik dehnt. Zum Glück. Und zum Nachteil aller Kunstschaffenden, die innerhalb der Maschine funktionieren müssen, um ihre Rechnungen zu begleichen und in ökonomischer Hinsicht zu überleben, ganz ungeachtet der Tatsache, dass sie Kunst für diese Maschine produzieren, um überleben zu können, sprich: um sich nicht umzubringen.

In publizierten oder im Radio und Fernsehen gesendeten Interviews, aber auch in Essays beschäftigte Ror immer die Frage, wie man als eigensinniger, als ästhetisch radikaler Schriftsteller in einer Welt der verschwindenden Lesenden und einem Betrieb der Normierung und Ausglättung bestehen und arbeiten kann, kurzum, wie man in einem Kosmos, der seine Kunst und sogar noch seine Träume nach ihrem Nutzen abklopft, dennoch träumen kann: *daß etwas nutzlos sein kann, muß einer Gesellschaft, die jede Handlung nach ihrem Geldwert abschätzt, wie ein Betrug anmuten.*

Ror Wolf ist es gelungen, in diesem Kosmos zu träumen und mit seiner einzigartigen Ästhetik eine Welt zu erschaffen, die mir lieber ist, als jene, in der ich meine Rechnungen bezahlen und an morgen denken muss. Der ökonomische Aspekt war mir durch Äußerungen Rors in Bezug auf sein Leben immer klar. Dass dieser ökonomische Aspekt auch Teil seines Werkes ist, habe ich lange übersehen, doch er durchweht ganz besonders seinen Film *Keep Out*, in dem Thomas Rohrbach ein erkennbarer Verwandter einer der schönsten Figuren in Rors gesamtem Œuvre ist, dem Titelhelden des Hörspiels *Leben und Tod des Kornettisten Bix Beiderbecke aus Nord-Amerika.*

DAS LEXIKON DER FILMBEGRIFFE: https://filmlexikon.uni-kiel.de/

DIE HEISSE LUFT DER SPIELE: In der später erschienenen Sammlung *Das nächste Spiel ist immer das schwerste* ist die Nachbemerkung abgewandelt. Es fehlt zum Beispiel der Verweis auf den Film *Keep Out* vollständig.

MEINE VORAUSSETZUNGEN: *Ich mache mir hier einen Leser zurecht, der seinen Bedarf an übersichtlich arrangierten Handlungen, an den sogenannten aus dem Leben gegriffenen Figuren vom Kino bezieht; vom Western etwa: wie ich.*

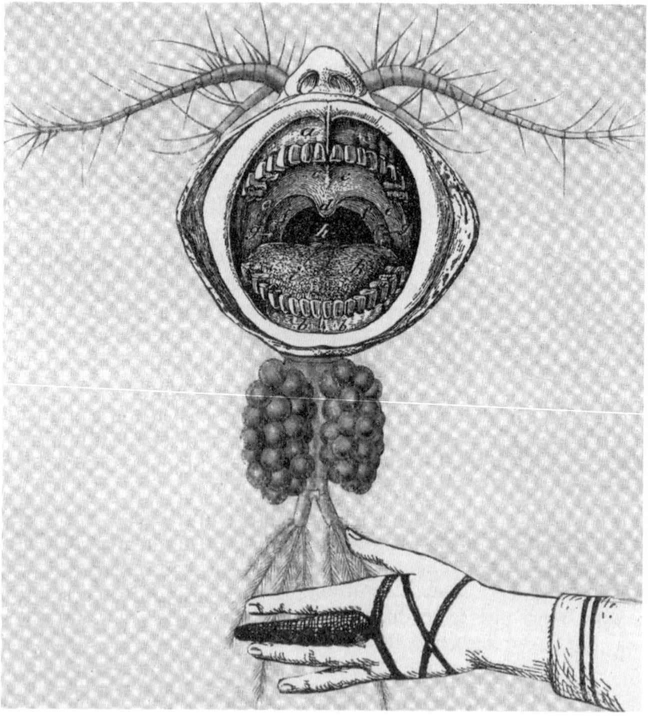

AUS DEN TRANCHIRER TAPES · FÜNFTER STREICH

Aus einem Gespräch vom 15. Februar 2019. Ich spreche Ror auf sein Hörspiel Leben und Tod des Kornettisten Bix Beiderbecke aus Nord-Amerika *an.*

ROR WOLF: Ich bin sehr froh, dass ich das gemacht habe. Erst mal meine Beziehung zu ihm, zu Bix und seiner Fähigkeit, und dann eben auch in der Konsequenz. Und es hat sich ja gelohnt, mein Gott. Das Ganze ist über hundertmal gesendet worden. …

JAN WILM: Spielte für dich das Hörspiel *Leben und Sterben des großen Sängers Enrico Caruso* von Günter Eich bei der Arbeit an deinem Bix-Text eine Rolle?

ROR WOLF: Ich schätze Günter Eich sehr, sehr, sehr. Günter Eich hat mir damals geraten, Hörspiele zu machen während unserer ersten Begegnung bei Siegfried Unseld im Suhrkamp Verlag. Aber ich kenne das Caruso-Stück nicht. Ich kenne nur zwei oder drei Hörspiele von Günter Eich. Ich hatte früher natürlich ein Radio, klar, aber ich stieß immer wieder auf Stücke, deren Machart mich überhaupt nicht erreicht haben. Das waren abgespulte Sachen. Dialog und ein bisschen Geräusch dazu. … Ich wollte eine andere Form von Hörspiel. Nicht nur ich. … Die kleine Geschichte mit Eich habe ich dir ja wahrscheinlich erzählt. Ich hab sie in meiner Dankesrede erzählt, als ich den Eich-Preis erhalten habe, 2015. Als ich Eich kennenlernte, da saßen wir bei Unseld. Ich war noch sehr jung, so wie du jetzt. Und Eich war halt auch schon ein reiferer Mensch, und ich fand es sehr nett, wie er sich um mich bemühte. Das war nicht immer üblich. Er sagte: *Wie gehen denn Ihre Bücher?* Er hatte *Pilzer und Pelzer* gelesen. Und ich sagte: *Also, leben kann ich nicht davon.* Da sagte er: *Schreiben Sie Hörspiele. Schreiben Sie Hörspiele. Das steckt in diesem Buch auch drin. Da steckt auch ein Hörspiel drin.* Und da sagte ich: *Hörspiele, na ja …* Das war die Zeit, als ich gelegentlich zwar Radio hörte, dann aber immer nur die einfachen Dialogstücke vorfand. Und dann erinnerte ich mich plötzlich während dieses Gesprächs mit Eich an ein Hörspiel, das ich noch in der DDR gehört hatte. Das muss 1951 gewesen sein, und ich erzählte Eich ein bisschen von dem Stück und sagte: *Ich hab den Titel vergessen, das ist ja lange her. Und ich weiß auch nicht, wie der Autor hieß.* Damals hatte ich ja auch keine Möglichkeit, mich zu informieren. Das Stück wurde aus Stuttgart gesendet, und ich saß in Saalfeld, da hatte ich kein Programmheft der westdeutschen Sender. Das erzählte ich Eich und sagte dann: *Aber ich fand das Stück toll.* Und da grinste er und sagte: *Das Stück ist von mir.* Das war ein guter Moment!

OHRENLUST · HÖRSPIELE

Und aus diesem Grund ist das Radiohören bis heute für mich verbunden mit einer schönen einsamen Dunkelheit: mit der Nacht. Radio war ein nächtliches Ereignis. Es hatte etwas angenehm Gefährliches, etwas zart Unerlaubtes. Und die Dunkelheit war gewissermaßen Voraussetzung für ein konzentriertes und zugleich sinnliches Hörabenteuer.

REDE ZUR VERLEIHUNG
DES HÖRSPIELPREISES
DER KRIEGSBLINDEN

Die Absicht, ein Radio-Stück anzufertigen über Leben und Tod des Kornettisten Bix Beiderbecke aus Nord-Amerika *hatte ich Ende der 50er Jahre. Eine Vorstellung davon aber wesentlich länger: seit den späten 40er Jahren, seit ich den Jazz im Radio kennengelernt hatte. – Diese* Radio-Ballade *ist eigentlich etwas, womit ich mir einen privaten Wunsch erfüllen wollte.*

Das Blinzeln des magischen Auges

Seit Ende der 1960er-Jahre schrieb und produzierte Ror Hörspiele. Der Erstling *Der Chinese am Fenster* wurde unter der Regie von Raoul Wolfgang Schnell 1971 gesendet. Obschon Originalhörspiel, weist auch dieses Werk bereits Collagencharakter auf: Durch Streuung und Separierung von aufgezeichnetem Wortmaterial und Klangstoff ergeben sich Brüche, Wiederholungen und Neuanfänge. Im nächsten Jahr stellte Wolf die erste tatsächliche Radiocollage aus vorgefertigtem O-Ton-Material zusammen, die aus dem Fußballmaterial hervorging: *Die heiße Luft der Spiele*. Bis 1979 folgten weitere neun Radio-Collagen, die mit nur einer Ausnahme alle für den Hessischen Rundfunk produziert wurden – eine Schaffensphase, die er 1979 mit dem bekanntesten Stück seiner Art, *Córdoba Juni 13 Uhr 45*, abschloss.

Neben den Radio-Collagen fertigte Ror Originalton-Collagen an und verfasste weitere Originalhörspiele; später wurden darüber hinaus Adaptionen von Prosatexten fürs Radio produziert. Zählt man die Adaptionen einmal nicht mit, beläuft sich Rors Hörspielarbeit auf rund 20 Produktionen. Mehr als 20 Jahre Hörspielverfassen, Zusammenarbeit mit Regisseuren und in Eigenregie, oft jahrelanges Sammeln von Originaltonmaterial, das auf dem Papier und schließlich im Studio zerstückelt, rearrangiert und umkombiniert wurde.

Sein bekanntestes und berühmtestes Stück ist das 1988 mit dem Hörspielpreis der Kriegsblinden ausgezeichnete Werk *Leben und Tod des Kornettisten Bix Beiderbecke aus Nord-Amerika. Eine Radio-Ballade*. Für die Gemeinschaftsproduktion von SWR (damals noch SWF), HR, NDR und WDR führte Heinz Hostnig Regie. Hostnig hatte schon zwei frühere Hörspiele Wolfs realisiert: *Die überzeugenden Vorteile des Abends* (1973) sowie *Reise in die Luft in 67 Minuten und 15 Sekunden* (1976). Die Bix-Beiderbecke-

Ballade wurde 1986 produziert und erstmals am 12. Februar 1987 gesendet. Seitdem wurde das Werk knapp 70-mal gesendet, was das Hörspiel zu einem der erfolgreichsten der deutschen Radiogeschichte macht.

Wiederholt beteuerte Ror, er habe kaum Kenntnis von Hörspielen gehabt. Noch in seiner Dankesrede zur Verleihung des Hörspielpreises der Kriegsblinden sagte er: *ich weiß wenig vom Hörspiel; fast nichts. Die Entwicklung der Gattung, die Hörspielgeschichte, ist mir nahezu unbekannt. Ich habe in meinem Leben allenfalls – und das ist eher zu hoch gegriffen – 30 Hörspiele gehört.* Allerdings bezeichnet er sich in derselben Rede als *Radio-Manen* und verbindet seine Beziehung zu dem Medium mit seiner lebenslangen Leidenschaft für den Jazz. Er berichtet, dass es gerade die Marginalisierung und regelrechte Warnung vor dem Jazz in der DDR war, die seine Vorliebe für die Musik nur noch steigerte. Seine *Neigung zum Radio ist also zugleich die Neigung zum Jazz – und umgekehrt.*

Ror, der in seinem Arbeitszimmer in Mainz ein Porträtfoto von seinem geliebten Bix Beiderbecke hängen hatte, lernte den Jazz in früher Jugend kennen, lokalisierte die Faszination dafür in den 1940er-Jahren. Der Jazz ging seiner Arbeit als Künstler voraus, wie auch die Liebe zu den sprunghaften Plots *von Abenteuerbüchern oder von Abenteuerheften.*

Gespräch am 12. März 2019

Das Sprunghafte und Kombinatorische des Jazz, die Freiheit der Improvisation gerade durch genaue Formkenntnis sind eng mit Rors künstlerischer Arbeit, mit seinen literarischen Vorfahren und seinen ästhetischen Verfahren verbunden, und das Improvisationsmoment ist eng verflochten mit seinem Hörspielwerk fürs Radio: *Kein*

Zweifel: ich liebe das Radio, ich liebe seine Improvisationsräume, sein nahezu unbegrenztes Illusionsgelände. Ich liebe den Ohrenschmaus und den Ohrenschein, die Ohrenschau, die Ohrenlust und das Ohrenspiel. Es ist schön, eine Weile einfach nichts anderes zu sein als ein Ohr.

Die Ästhetik seiner Radiowerke, die gesamte Rhythmik der Dramaturgie in den Hörspielen, der Improvisationsgestus ist durchweg vom Jazz, besonders vom Dixieland-Jazz, dem frühen Balladenstil und vom Bebop geprägt. Nirgendwo in Rors Œuvre harmonieren Form und Inhalt jedoch so sehr wie in *Leben und Tod des Kornettisten Bix Beiderbecke aus Nord-Amerika*. Bereits die Bezeichnung im Untertitel als *Radio-Ballade* ruft das Musik-Thema auf und erinnert an Rainer Maria Rilkes Erzählung *Die Weise von Liebe und Tod des Cornets Christoph Rilke*, und wenngleich Rilkes *Cornet* einen Fähnrich und nicht das Bix-Blechblasinstrument meint, so ist das musikalische Echo durch die Weise als Lied oder Melodie gegeben.

Die Hauptfigur von Rors Stücks ist die historische Person Bix Beiderbecke (1903–1931), der als einer der größten Bläser des Chicago-Jazz und aller Zeit gilt, der sehr früh eine Brücke zur Neuen Musik etwa von Igor Strawinsky schlug und den Jazz mit ungeahnten, richtungsweisenden Impulsen bereicherte. Doch wie in Rors Hörspiel *Bananen-Heinz*, das ebenfalls – wenngleich auf ganz andere Weise – mit Biografiematerial arbeitet, ist Ror nicht aus auf Chronologie oder Kontinuität. Es geht ihm *nicht um eine hübsch der Reihe nach aufgesagte Biographie*. Er sucht eine Nachformung von Beiderbeckes Leben und Weise und Tod durch stilisierte Imitation und ästhetisierte Imagination: *Beiderbecke, so wahrhaftig er gelebt hat, sollte das behalten, was er braucht und was ihm zusteht: das Geheimnis, das Auftauchen und das Verschwinden, das Vorbeihuschen. Er sollte dargestellt werden als eine unfaßbare, eine zugleich reale und fiktive Figur.*

Das Blinzeln des magischen Auges

Obwohl Beiderbecke das Zentrum des Hörspiels bildet, bleibt er durch Dramaturgie und Formgestaltung der Radio-Ballade unfasslich, ein daherkommendes und verschwindendes Mysterium. Das 70 Minuten lange Hörspiel lässt Beiderbecke die ersten acht Minuten nicht selbst zu Wort kommen. Es wird zunächst nur über ihn berichtet. Er wird als ferner Unbekannter wahrgenommen. Es gibt Berichte von Sichtungen. Einmal streift er kurz durch einen Raum wie ein Gespenst, man tuschelt über ihn, als wäre Beiderbecke ein Mythos und die Rede um den Jazz-Heiligen nicht Biografie, sondern Hagiografie.

Das Hörspiel beginnt mit einer der bekanntesten Aufnahmen Beiderbeckes, »I'm Comin' Virginia«, und anschließend entrollt sich eine Rahmenhandlung, in der ein Erzähler, gesprochen von Walter Gontermann, von seiner *Reise in die nördlichen Gebiete des amerikanischen Kontinents* berichtet, wo *am 3. September 1932, auf dem Oberdeck eines Dampfers der Strikfus-Linie, in der Nähe der Stadt Quincy, plötzlich zwei Personen* auf ihn einsprachen. Die beiden sind Herren aus New Orleans namens Jackson und Jones – eines der typischen Figurenpaare in Rors Werk, die an Becketts Pseudopaare erinnern, etwas Bouvard-und-Pécuchet'sches besitzen und nahezu austauschbare Charakteristika aufweisen.

In diesem Anfang auf einem fahrenden Schiff, mit der

die Handlung in Fahrt kommt, sowie in der Dopplung handlungsstimulierender Figuren steckt aber auch ein ferner Anklang an Karl Roßmanns Begegnung mit den Tagelöhnern Robinson und Delamarche in Kafkas unvollendetem Roman *Der Verschollene*, auf den Ror mehrfach verwiesen hat. Jackson und Jones bringen die Handlung und die Erzählung um Bix Beiderbecke ins Rollen, allerdings ohne Beiderbeckes Leben, einer gewöhnlichen Chronologie folgend, vom Beginn her auszuerzählen. Beim Zuhören ergreift mich eher der Eindruck, dass ich selbst geradewegs an der Gruppe vorbeigekommen bin, ein kurzer Gast bei ihren Gesprächen, und als lauschte ich einen Augenblick ihren alten Geschichten.

Wie die zahlreichen Prosatexte, die mit einer Unmittelbarkeit einsetzen, die suggeriert, dass bereits ein großer Brocken von Erzähltem hinter ihnen liegt, beginnt auch die Erzählung um Beiderbecke auf unvermittelte Weise. Es entsteht ein beiläufiger Effekt, als hätte man eben mal etwas vom Erzählten aufgeschnappt oder kurz in eine Radiosendung reingehört. Der Erzähler auf dem Dampferdeck während seiner *Reise nach Norden, zu einer der kältesten Stellen der Welt,* lauscht seinen neuen Bekannten Jones und Jackson und findet *Gefallen an ihren Geschichten.* Die drei fließen *durch die Welt*, bis das Hörspiel erstmals auf sein eigenes Medium verweist, wenn der Erzähler jenen Sinn anspricht, der für die Rezeption eines Hörspiels von entschiedenem Vorteil ist: *Und was für Geräusche, sagte Herr Jones, hören Sie das? Ja ich hörte es: das träge Schlecken des Wassers, das sanfte Stampfen, das zarte Knarren beim Vorwärtsschieben. Und während wir weich hinein in die Dunkelheit glitten, setzte Musik ein.*

Tatsächlich vernehme ich als Zuhörer in jenem Moment erneut »I'm Comin' Virginia«, als würde auf dem Dampferdeck im Jahre 1932 eine Platte mit Beiderbecke-Nummern gespielt, was innerhalb der Logik der Geschichte unwahrscheinlich ist und wie ein erster programmatischer ästhetischer Bruch wirkt, als klänge etwas aus der Erinnerung hervor, oder aus der Welt außerhalb des Hörspiels. Falls man Zungenmuskelkater mag, nenne man diese Musik gerne *extradiegetisch*. Fünfmal hintereinander sagen – ist wie Akrobatik. Die Musik Bix Beiderbeckes fließt also in den fiktiven Kosmos der Erzählung hinein, als verschmölze die Welt, in der ich das Hörspiel und diese Musik höre, mit der ausgedachten Welt innerhalb des Werkes.

Ein Leben wie Butter, sagt Herr Jackson und kommt ins Schwelgen über *damals*. Ohne Erklärung taucht das Hörspiel uns nun in Jacksons Erzählung, die aus Erinnerungen an die große Zeit des Jazz in den ersten Jahrzehnten des 20. Jahrhunderts besteht, an Begegnungen mit dem großen Bix Beiderbecke, von dessen Anfängen bis zur Zeit der Prohibition in den 1920er-Jahren, als das landesweite Alkoholverbot dafür sorgte, dass die Nation so viel soff wie nie zuvor – leider auch der große Bix, der lebenslang an Alkoholismus litt und an ihm zugrunde ging.

Formal geht Wolf erneut nach dem Matrjoschka-Prinzip vor: Der Erzähler eröffnet eine Rahmenhandlung, innerhalb derer seine Begegnung mit Jackson eingeschachtelt ist; innerhalb dieses Erzählrahmens taucht Jackson zurück nach *damals im Jahre warten Sie mal ungefähr fünf oder sechs* und erzählt aus Beiderbeckes Leben. Über Bande, wie eine vermittelte Stille-Post-Geschichte, greift das Hörspiel auf zartsinnige Weise die grundlegendsten

Aspekte aller Medien auf: Es entstehen Entfernungen, die durch Kommunikation und Erzählung überbrückt werden. Im Beiderbecke-Hörspiel tragen diese inhaltlich wie ästhetisch vermittelten Entfernungen zu Ton und Thema des Erzählten bei, denn was sich auf Handlungsebene im Hörspiel ergibt, ist eine erzählte Rückschau auf längst vergangene Ereignisse, die dadurch einen Anstrich von Nostalgie und Melancholie erhalten.

Von Anfang an macht das Hörspiel das Erzählen von Geschichten und somit abermals sein eigenes Medium zum Thema, und im Verlauf des Werks finden sich folglich mehrmals Versuchsansätze, die Geschichte ganz anders zu erzählen, sowie Verweise auf die Gemachtheit des Erzählwerks, etwa wenn eine Figur beim Erzählen sagt: *dafür brauche ich eine andere Stimme* und eine weitere Figur in eine neue Rolle schlüpfen muss; oder wenn vom Erzähler und der Figur des Beiderbecke selbst angedeutet wird, dass etwas Erinnertes zwar berichtet werden könnte, es aber besser ausgelassen werden sollte: *Ich denke, den nächsten Teil können wir auch überspringen.*

Bevor Beiderbecke aber selbst zu Wort kommen kann, geben Jackson und Jones auf dem Dampfer einige Geschichten über die Musiker des Jazz-Age zum Besten, sie lachen und überbieten sich mit Anekdoten, bis der Erzähler sagt: *Ich werde jetzt auch eine kleine Geschichte erzählen, und sie wird so gut sein, wie jede andere Geschichte, passen Sie auf. – Sie beginnt ich glaube in – nein: sie beginnt an einer ganz anderen Stelle: in der Mitte des Michigansees. Und das sind vielleicht die Geräusche, mit der sie beginnt.*

Der Erzähler berichtet, er sei *vor etwa zehn Jahren Kla-*

vierspieler auf diesem Dampfer gewesen und habe *immer genau in der Mitte des Michigansees* einen Musiker auf einem anderen *Vergnügungsdampfer* vorbeitreiben sehen, *und beim Vorbeischwimmen wehte eine ganz seltsame schöne Musik herüber.* Der aus der Ferne beobachtete Musiker ist Beiderbecke, doch er bleibt noch unbenannt und wird unmittelbar mit seinem Instrument verknüpft. *Der Kornettist stand ganz still. Er stand da und blies und alles schwamm bleich vorbei, man hörte nur im Vorbeischwimmen dieses Heranwehen von Musik. Ich werde nie diese Töne vergessen, sie waren ganz rund, ja, ganz fest, verstehn Sie? ganz klar.*

Erneut wird die Ferne Beiderbeckes aufgerufen und er wird weiterhin weder beim Namen genannt, genauer beschrieben noch zum Sprechen gebracht. Er wird eingeführt als der Unfassbare, als das dunkle, verschlossene Geheimnis. Seine Figur ist das, was Orson Welles mit Bezug auf seine Filmrolle des Harry Lime in der Graham-Greene-Adaption *Der dritte Mann* als *Star-Part* bezeichnete: *Wissen Sie, was ein Star-Part ist? Das ist, wenn sie in der Geschichte eine Stunde lang von dir reden, und dann tauchst du erst auf.*

Das Aufschieben der Einführung von Beiderbecke steigert Interesse und Spannung und erzeugt durch die kleineren Verzögerungsmodi und Abschweifungsmechanismen, wie sie schon in den tastenden Erzählversuchen des Erzählers aufschimmerten, eine formal ausgearbeitete Suchbewegung, die sich in der inhaltlichen Suche nach dem Genie Beiderbecke widerspiegelt. Auf dieselbe Weise werden Fragen des Erzählens und Fragen des Mediums Hörspiel zum Teil des Werks gemacht, wenn im Verlauf des Stücks keine chronologische Biografie Beiderbeckes auserzählt wird, sondern sich ein kubistisches Porträt des Jazzers durch faktische Lebensanekdoten, fiktive Erzählsplitter und eigens dramatisierte Aussagen collagenartig ergibt.

Wenn der scheue, zerstreute Beiderbecke schließlich das erste Mal beim Namen genannt wird, sagt er kaum hörbar *Guten Abend* und wird von der Figur namens Carmichael mit Verwunderung beschrieben: *Ich kannte den Mann nicht, er machte auch keinen sonderlichen interessierten Eindruck, er redete nichts.* Wie schon auf dem Dampfer angedeutet wurde, scheint es nun, als wäre Beiderbecke ganz sein Instrument, ganz Musik – wie er später sagen wird: *Ich hatte weiß Gott keine Lust auf Gespräche.... Ich wollte spielen, das ist schon fast alles, verstehn Sie?*

Wenn Carmichael davon berichtet, wie er zum ersten Mal vier Takte aus Beiderbeckes Cornet hörte, wird er vom Blitz getroffen: *Meine Güte: diese Noten waren nicht geblasen, sie waren – geschlagen, so ungefähr, wie wenn man mit einem Hammer auf eine Glocke schlägt, verstehn Sie?* Carmichael hört sich um, wer dieser Zauberer am Cornet sei. Er bekommt eine Antwort: *Das ist Beiderbecke*, und anschließend folgt eine rasche Montage von Beiderbeckes geraffter Biografie. Begleitet von einem Metronom, splitten drei Stimmen Beiderbeckes frühes Leben in grobe Stationen eines Steckbriefs auf. Das Metronom suggeriert ein schnelles Vergleiten der Zeit und eine Chronologie, die durch die Form des Hörspiels immer wieder unterlaufen und aufgebrochen wird.

Die Kombination von gestreutem Anekdotenerzählen

und gerafftem Faktenleben schafft im Laufe des Hörspiels ein Umkreisen von Beiderbecke, als bliebe das Werk bis zuletzt auf der Suche nach dem unfassbaren, geheimnisumwobenen Musiker. Das Umkreisen ergibt sich auch in wiederholten Beschreibungen Beiderbeckes, die dann aber leicht abgewandelt wiedergegeben werden. Carmichaels Erzählung über seinen ersten Eindruck von Beiderbeckes Musik ist als Abschweifung innerhalb von Carmichaels Bericht über seine erste Begegnung mit dem Musiker angeordnet. Wenn das Hörspiel dann nach einigen Minuten zu der ersten Begegnung der beiden zurückkehrt, sagt Beiderbecke seine ersten Worte des Hörspiels noch einmal: *Guten Tag.* Auch auf diese Weise wird das chronologische Erzählen gebrochen und das Umherstreifen in Erinnerungslandschaften angedeutet. Wenn das Hörspiel wieder zur ersten Begegnung zwischen Carmichael und Beiderbecke zurückkehrt, beschreibt Carmichael den Kornettisten prompt auch mit anderen Worten: *Ich kannte den Mann nicht, er sagte nicht viel, er trank eine Menge und sah ziemlich trübsinnig aus.*

Wie der Jazz mit seiner sprunghaften Probierhaltung und seiner einkreisenden Mäanderbewegung während einer Improvisation, so weist auch Rors Prosa dieses stotternde, mitunter ruckweise Abbrechen und erneute Ansetzen im Erzählgestus auf, das noch in seinem späteren Originalhörspiel *Die Durchquerung der Tiefe in dreizehn dunklen Kapiteln* (1997) den Kernimpuls des Werks ausmacht und sogar durch Schreibgeräusche eines Stifts ergänzt wird. Im klanglichen Medium des Hörspiels erzeugt aber allein das ausprobierende Sprechen und die verschachtelte Abschweifstruktur eine sinnlich erfahrbare

Tastdynamik, die den Strukturen des Jazz ansatzweise gleichkommt. Anders als seine Prosa, deren Lektüre Lesende ja beliebig unterbrechen, verlangsamen oder beschleunigen können, sind Rors Hörspiele in der Zeit verfangene und darin verstreichende Objekte, so wie Lieder oder eben Balladen. Für ihre historische Darbietungsform im Radio sind sie als vergängliche Objekte im Zeitfluss ausgestaltet, die mich beim Zuhören auf Abschweifungen mitschleifen, bei Ausschweifungen an die Hand nehmen und durch das erzählende Absetzen und Ansetzen die Suchbewegung ihrer Handlungen auch ästhetisch erfahrbar machen. Stärker noch als in einem Text bedeutet die Abschweifung für mich etwas, bei dem es ums Ganze geht. Das Abschweifen, ob in Hörspiel oder Prosa, beinhaltet für mich *die mäandernde Umkreisung des Zentrums, das Sprache, die Metamorphose des Ich und den Tod umfasst.*

Lentz

Über allem Suchen und allem Zusammentragen von Beiderbeckes Lebensmaterial schwebt in der Rückschau des Hörspiels ein abgeschlossenes Leben und damit die Gewissheit um Beiderbeckes Tod. Die Suche nach dem Musiker ist innerhalb der Erzählung somit auch die Suche nach einem Toten. Der allerdings in der Musik und durch das Medium der Schallplatte unsterblich geworden ist.

Wie am Beginn des Hörspiels die Worte *hören Sie das?* eine selbstreflexive Dimension eröffnen, wird durch Beiderbeckes Auftritte und Aufnahmen das Spielen und Bewahren sowie der eigentlich Klang des Jazz zum Thema des Hörspiels erhoben. Wie in Günter Eichs mit Martin Raschke verfasstem Hörspiel *Leben und Sterben des großen Sängers Enrico Caruso* von 1931 die Aufnahmen des italienischen Tenors in die Handlung einmontiert sind, wird im Beiderbecke-Hörspiel sämtliche Musik Beiderbeckes stets beschreibend, ansagend oder kommentierend in die Erzählung und die Dramaturgie des Hörspiels eingebettet. *Die Musik ist hier nicht Garnierung, sie ist so wichtig wie die Worte.*

Das Blinzeln des magischen Auges

Bei aller narrativen Zersplitterung ergibt sich eine lose Chronologie von Beiderbeckes Schaffen, da einige seiner bekanntesten und besten Aufnahmen, von den frühen Stücken wie dem »Dippermouth Blues« mit King Oliver's Creole Jazz Band von 1923 über die Werke mit dem Wolverine Orchestra von 1924 bis hin zur vermutlich letzten Aufnahme »Georgia on My Mind« mit Hoagy Carmichaels Orchester im Jahr 1930, ein Jahr vor Beiderbeckes Tod, im Verlauf des Hörspiels nacheinander erklingen.

Leben und Tod des Kornettisten Bix Beiderbecke aus Nord-Amerika ist somit Eindruck, Überblick und Werkschau Beiderbeckes zusammen. Weil die Songs in dem Hörspiel in Beiderbeckes Leben und seine künstlerische Entwicklung eingefasst sind, von den Figuren bewertet werden und niemals nur als atmosphärische Stimmungsgeber oder illustrierende Hintergrundmusik fungieren, sondern häufig auch länger ausgespielt werden, macht das Hörspiel die Klangdimension des Mediums und des Stoffes zum Herzen des Werks. Beiderbeckes Musik macht Spaß, sie ist virtuos glücklichmachend, aber auch melancholisch, ohne gefühlig zu sein. Die ins Hörspiel integrierte Musik erlaubt den Zuhörenden, sich auf Beiderbeckes Kunst einzulassen, die Klangfarbe und die Modulierung seiner Musik auszukosten.

Die ungeheure Ohrenlust des Werks entsteht durch die

innovative Ausformung der Handlung, durch die Anordnung der Dramaturgie und durch die Klangwelt der Musik gleichermaßen. Doch die ebenso warme wie melancholische Stimmung des Hörspiels wird nicht allein durch die Musik erzeugt, sondern durch die Stimmen der Mitwirkenden. So wird der alles ins Rollen bringende Jackson von Wolfgang Hess gesprochen, dessen tiefe, bärig-kratzende Stimme durch seine zahlreichen Synchronisationen Bud Spencers im Film bekannt ist. Bix Beiderbecke selbst wird gesprochen von Christian Brückner, dessen markant-melancholische Stimmfärbung im deutschsprachigen Raum seit den 1970er-Jahren als Synchronstimme Robert De Niros bekannt ist und der in Rors Hörspiel *Die Durchquerung der Tiefe in dreizehn dunklen Kapiteln* niemand Geringeren als den aus vielen von Rors Werken bekannten großen Forscher Collunder spricht.

In einem weiteren vom Metronom durchgetakteten Steckbrief definiert eine von Rors typischen adjektivgespickten Partizipwellen Bix als einen *ratlosen scheuen wortkargen unmäßig trinkenden wild umhergetriebenen und von den Dingen des Alltags ein wenig verwirrten zuweilen zerstreuten liebenswürdigen übermütigen ernsten rastlosen arglosen haltlosen beispiellosen niemals mit sich zufriedenen freundlichen Mann*.

Dem Musiker Bix im Hörspiel verleiht Brückners zart angeraute Stimme einen gebrochenen Charakter. Brückners Stimme klingt in dem Hörspiel, als wäre sie selbst vom Alkohol so zerrissen, wie Beiderbeckes durchlöchertes Leben von diesem flüssigen Lochstopfer mehr und mehr gebrochen wurde, und Brückner färbt seine Stimme mit einer leisen Traurigkeit, in der trotz allem Beiderbeckes charakteristisch jungenhafte Freude am Jazz spürbar bleibt.

Wie Thomas Rohrbach in *Keep Out*, wie der Ich-Erzähler in *Fortsetzung des Berichts*, wie so viele der einsamen Sprecher der Gedichte und Figuren der Erzählungen ist Beiderbecke Sonderling, Außenseiter, Verlorener. Zum Ende des Hörspiels wird der Unfassbare mehr und mehr zum Unpassbaren, zum unangepassten Verweigerer – und das gerade, weil sich der Künstler Beiderbecke für einen längeren Gig in einer Combo, dem kommerzielleren Schmalzorchester von Paul Whiteman, anpassen muss.

Wie auch Rohrbach im Fußballfilm ist Beiderbecke eine Figur, die daran zerbricht, in ein kapitalistisches Geschäftssystem gepresst zu werden. Die letzte vom Metronom begleitete Passage des Abarbeitens von Lebensstationen konturiert den persönlichen, körperlichen Zusammenbruch Beiderbeckes aufgrund von jahrelangem Alkoholismus schließlich auch mit dem historischen Zusammenbruch der Weltwirtschaft im Jahr 1929: *Schwarzer Donnerstag. Bankkrach. Wallstreet Crash.*

Beiderbecke ist krank und sucht nur noch die Einsamkeit. Ror collagiert an dieser Stelle zwei seiner großen Einflüsse und zwei seiner tiefsten Leidenschaften, wenn er den leidenden, auf das Ende seines kurzen Lebens zutreibenden Bix Beiderbecke kurzerhand Robert Walser lesen lässt. Die Passage berührt mich immer sondergleichen, wenn der vereinsamte, in verarmten Verhältnissen lebende Bix sich mittels Robert Walsers Erzählung »Helblings Geschichte«, die Ror mir gegenüber einmal als seine Lieblingsgeschichte Walsers bezeichnete, eine tiefe Sehnsucht nach Ruhe und Einsamkeit ausdrückt. In der Passage klingt längst die Sehnsucht nach dem Tod an, wenn Beiderbecke im Hörspiel aus dem Ende von »Helblings Geschichte« vorliest: *Ich sollte eigentlich ganz allein auf der Welt sein, ich, Helbling, und sonst kein anderes lebendes Wesen. Keine Sonne. Keine Kultur. Ich nackt auf einem hohen Stein. Kein Sturm. Nicht einmal eine Welle, kein Wasser, kein Wind, keine Straßen, keine Banken, kein Geld, keine Zeit und kein Atem. – Wie finden Sie das?*

Die zu Beginn des Hörspiels angedeutete Dunkelheit, die noch mit Worten wie *weich* und *gleiten* zartgemacht wurde, nimmt zum Ende die Härte des alles-verschlingenden Nichts an, und auch Beiderbeckes Musik wird bald von tiefdunklen sogenannten *Bhutan Tuten*, den Hörnern tibetanischer Mönche, durchfressen, wenn das Hörspiel ein Beiderbecke-Solo mit den tibetanischen Hornklängen überlagert. Der lebensfrohe Jazz Beiderbeckes wird verschluckt von kontemplativem, dunklem Dröhnen.

Die Bhutan-Hörner fanden bereits Einsatz in dem Film *Keep Out* und in Rors Originalhörspiel *Reise in die Luft in 67 Minuten und 15 Sekunden* (1975), wo das *Angebot verschiedener Tuten-Instrumente* in der Handlung um die Reise in einem Raumschiff zum geheimnisumwitterten Planeten Q das Unbekannte und Dunkle der mysteriösen neuen Welt signalisieren. Die Musik entstammt den Aufnahmen *Tibetan Buddhist Rites from the Monasteries of Bhutan* von 1971, die der englische Ethnomusikologe John Levy aufzeichnete. Im Beiderbecke-Hörspiel klingen die Bhutan-Töne wie dröhnende Nebelhörner. Als akustische Verheißung der sich entrollenden Verdunkelung kündigt sich in ihnen die wachsende Dunkelheit an, die sich über Beiderbeckes Leben ausgießen wird, wenn ihn die Stille des Todes verschluckt. Wenn Beiderbecke, wie in der historischen Wirklichkeit, 28-jährig an einer Lungenentzündung stirbt, schließt der Erzähler die Radio-Ballade mit den unvergleichlichen Worten: *Aber er starb nicht an einer Erkältung, er starb an allem. Und das ist die ganze Geschichte.*

Doch wie Günter Eich schrieb, kennt das Medium zwar Stille, doch das menschenleere Schweigen, das sich durch den Tod ergibt, muss das Hörspiel anders inszenieren. Es muss die Stille hörbar machen: *Der Lautsprecher kennt kein stummes Spiel, er kann nicht schweigen.* So wird die aufkommende Stille durch die erdentiefen Töne der Bhutan-Hörner verdeutlicht, und mit ihrem Einsetzen nimmt das Beiderbecke-Hörspiel erneut motivisch das Zergehen, das Zerfließen, das Verschwinden auf, wenn Bix am Ende in die dunkelste Phase seines Lebens ausgleitet.

Gegen dieses Ausfließen, gegen die wachsende Dunkelheit hat Ror immer wieder seine gesamte Bildergalaxie, seine Sprachwelt und seinen Klangkosmos in Stellung gebracht. Gegen das austropfende Wenigerwerden, gegen die im gesamten Œuvre aufscheinende Leere kombinierte er mithilfe seiner Collageverfahren immer eine vielstimmige und farbmächtige Fülle zusammen. An einem Werk wie *Leben und Tod des Kornettisten Bix Beiderbecke aus Nord-Amerika* sieht man, wie vielgestaltig detailverliebt, wie multidimensional und transmedial seine Arbeiten funktionieren, auf welch positive Art kleinteilig das Gesamtwerk durchgängig ausgeformt ist, welche Textmassen und Bildmeere und Tonfluten er in die Welt gespült hat und wie wundervoll vielwinklig dieses Werk dabei geblieben ist: funkelnd und glitzernd noch die winzigsten Teile eines Werkes herausputzend, als wären sie wichtiger als das große Ganze – eine Poesie der kleinsten Stücke eben, *eine Poesie, in der die Teile nicht nur wichtiger sind als das Ganze, sondern in der das Ganze überhaupt nicht vorkommt, weil selbst die zusammengesetzten Teile nur wieder Teile eines vermutlichen größeren Teils sind, der noch lange nicht das Ganze ist.*

Die Poesie der kleinsten Stücke

Wie schon erwähnt, entwickelt Ror die Poesie der kleinsten Stücke anhand des Werks von seinem Kollegen und Freund Peter Weiss, besonders mit Betrachtung von *Der Schatten des Körpers des Kutschers*, doch eignet sich dieser frühe kleine Text – so wie Becketts Werk über Proust – ebenso gut als poetologische Selbstbeschreibung. In »Poesie der kleinsten Stücke« entwirft Ror etwas, das auf abgewandelte Weise die »kleine Literatur« Kafkas anrührt, in der *alles kollektiven Wert* gewinnt. Die kleinsten Teile eines Werks, ob winzige ausgeschnittene Objekte in einer Bildcollage, ob fein gesetzte Reime oder deformierte oder geglättete Silben im Gedicht, ob die wie beiläufig erwähnte Walser-Lektüre im Beiderbecke-Hörspiel – die Einzelteile scheinen mitunter das Werk, in das sie eingelegt sind, zu überstrahlen, gerade so, als wäre die winzigste Puppe im Herzen der Matrjoschka-Schachteln die alles Entscheidende.

Gilles Deleuze / Félix Guattari

In derselben Weise werden bei Ror wie bei der Trias aus seinen Einflüssen Kafka–Beckett–Walser die kleinsten Worte zu den Sinnhaftesten und die alltäglichsten Bewegungen zu den Lebensnotwendigsten, so wie es in *Fortsetzung des Berichts* zum Beispiel das einfache Zum-Munde-

Führen eines Suppenlöffels mit geradezu monumentaler Wortmasse erzählt wird – und auch die in der historischen Geschichte unbedeutendsten Menschen werden in der literarischen Erzählung zu den interessantesten.

Wie es für Beckett der Fall war, galt auch Rors Interesse immer den Abseitigen und Abgehängten, den Missachteten und Missverstandenen, jenen, die wie Walsers Helbling Liegenbleiber und Erstarrte sind, Oblomows und Bartlebys, Schlendriane, Tunichtgute und Taugenichtse. Einer von ihnen ist zum Thema von Rors seltsamstem und besten O-Ton-Hörspiel geworden: Heinz Blanz aus *Bananen-Heinz* von 1983.

Der Bananen-Heinz aus dem gleichnamigen Werk ist ein pensionierter früherer reisender – *fliegender* – Verkäufer, dessen Spitzname auf sein entscheidendes Verkaufsgut verweist, so wie es vermutlich in Rors Erzählung »Mitteilungen aus dem Leben des Vaters« der Fall ist bei *Eisen-Kahl, Farben-Trost, Feinkost-Heinz, Schuh-Büchel, Hosen-Hiller, Hut-May, Elektro-Schrader, Schoko-Schlötzer.* Bananen-Heinz ist ein verarmter, von der Welt verlassener, älterer hessischer Herr, der in montierten Monologen von seinem früheren Leben berichtet: vom Tod seiner Mutter, davon, wie er seine Familie wegen der Stiefmutter verlassen musste, wie er während des NS-Regimes unter Arrest gestellt wurde, weil er unrechtmäßig Kartoffeln verkaufte, um zu überleben, und wie er schließlich zum Handlungsreisenden Bananen-Heinz wurde, der die krumme gelbe Frucht überall in Deutschland verkaufte.

Als ich Ror einmal fragte, wie er Heinz Blanz, seinen Bananen-Heinz, kennengelernt habe, sagte er mir, dass

Blanz so eng mit den Fußballcollagen fürs Radio verbunden war, wie der Jazz für Ror mit dem Radio in Verbindung stand: *Ich habe im Radio mitgeschnitten, die Berichterstattung, und habe persönlich in den Stadien mit meinem großen Apparat das Publikum aufgenommen und dann an den anderen Tagen noch so viel Publikum wie möglich bei den Trainingseinheiten. Wir wohnten damals in einem Haus in Frankfurt am Bornheimer Hang … im 21. Stock. Unmittelbar vor der Tür war unten das Trainingsgelände von Eintracht Frankfurt und vom VSF. Da brauchte ich nur runterzugehen mit meiner Maschine, stellte mich unter die Fans – die alten vor allem, die waren fabelhaft – und nahm auf. Damit hab ich dann gearbeitet. … Und da am Bornheimer Hang, da hab ich den kennengelernt.*

Gespräch am 15. Februar 2019

Zehn Expertenleben

In den Hörspielcollagen *Heinz, wie ist deine Ansicht* und *Expertengespräche* sowie im Film *Keep Out* tritt Heinz Blanz' Stimme ebenfalls bereits auf – als einer der zahlreichen selbsternannten Experten, deren köstliches Gerede Ror immer wieder mitschnitt. Er ist einer jener alten Fußballfans, die Ror vor allem so fabelhaft fand, weil sie unverblümt und voller Verve ihren Gefühlen über die Spieler und die Mannschaft freien Lauf lassen und dabei großartiges Sprachmaterial erzeugen.

Im Hörwerk erscheint Heinz Blanz als der reflektierteste unter ihnen, nicht nur, weil er der Einzige ist, dem Ror eigene Hörspielarbeiten widmete, sondern vor allem, weil er ein geborener Erzähler ist, der die Zuhörenden – wie die Figuren im Beiderbecke-Hörspiel – häufig direkt anspricht mit Rückversicherungen wie *Sie verstehn mich doch* und *Verstehn Sie?* und somit eine Kommunikationsebene etabliert, die neben dem Aufzeichner Ror Wolf auch implizit das Publikum der Hörspiele anspricht.

In verschiedenen Fußballcollagen der *Zehn Expertenleben* ist Blanz' nuschelndes Hessisch sofort für mich erkennbar, wenn er zum Beispiel den bedeutungsschweren Satz sagt: *Man darf nicht vergesse: selbstverständlich soll e Mannschaft des gewwe, oder des bringe, wasse kann, aber man derf auf der anneren Seit nich vergesse, daß Fußball e Spiel is.* In hochdeutschen Untertiteln: *Man darf nicht vergessen, selbstverständlich soll eine Mannschaft das geben oder das bringen, was sie kann, aber man darf auf der anderen Seite nicht vergessen, dass Fußball ein Spiel ist.*

Poetologisch betrachtet, könnte man auch diesen Satz als Meta-Kommentar über die Hörspielarbeit und das literarische Schaffen verstehen, das vor allem Spiel bleiben soll. Mich aber interessiert an Blanz viel mehr, dass sein ganzes Fußballphilosophieren wie eine Demonstration von Kenntnis und Sachverstand wirkt und seine Reflexionen über den Fußball rationale Ordnung und Sicherheit versprechen in einer als chaotisch und unsicher empfundenen Welt, die er in *Bananen-Heinz* als einen sich verfinsternden Ort beschreibt, der ihm mehr und mehr Angst bereitet und an dem er sich weniger und weniger aufgehoben und verstanden fühlt. Anders als die von Blanz in *Bananen-Heinz* beklagte Welt von Bildungsabschlüssen, Qualifikation und vor allem der Herrschaft des Kapitals, ist die Zuschauerkurve für ihn uneingeschränkt zugänglich, demokratisch – ein Ort, an dem er der Experte ist und gefragt wird: *Heinz, wie ist deine Ansicht?*

In der Hörcollage *Heinz, wie ist deine Ansicht* sagt er trotz seiner fortwährenden Diagnosen über Eintracht

Frankfurt: *ich weiß das schon lange, aber ich bin ja n Kleiner, verstehnse, ich hab nix zu melden.* Und auch in *Bananen-Heinz* betrachtet er sich beim Erzählen seiner Lebensgeschichte im Kontext der größeren Weltgeschichte als gesellschaftlich weit unten angesiedelt und teilt seinen Unmut darüber mit.

Die Ästhetik von *Bananen-Heinz* ist für mich von allergrößter Faszination, denn Heinz Blanz' *Leben ist ein kurvenreiches Ausweichen und Abschweifen, ein Aufhören und Wiederanfangen: und damit seinen Sätzen ganz ähnlich.*

Das Blinzeln des magischen Auges

Darin ähnelt sein Sprechen auch Rors Erzählgestus, und erneut erzeugt das Collageverfahren einen Textbrocken, der gleichzeitig einer internen Dramaturgie folgt und aus Heinz Blanz' Leben in einer angedeuteten Chronologie erzählt, gleichzeitig aber die zahlreichen Brüche in den vielen Aufnahmen mit Blanz hörbar macht – *es ging vor allem um Neuzusammensetzungen zeitlich weit auseinanderliegender Teile.*

Das Blinzeln des magischen Auges

Durch die Neuordnung des Sprachmaterials aus dem Bananen-Heinz-Mund bedient sich die Ästhetik des Hörspiels erneut eines einkreisenden, expeditionsartigen Tastens und lässt eine kreiselnde Bewegung um das Wesen, den Kern und den Charakter des Protagonisten entstehen. So erscheint es trotz der enormen Sprachmasse, als wäre auch Blanz gänzlich unfassbar, ungreifbar, ein Geheimnis.

Hier wie anderswo kommt Rors Sprachkritik zum Ausdruck. Undenkbar, dass sie in seinem Werk plump und simpel nur inhaltlich geäußert würde – nein, er macht sie ästhetisch erfahrbar, indem er seine Werke vor Sprachmassen überquellen lässt und wie bei Beckett, bei Walser oder im bereits den Modernismus grüßenden späten

Henry James der Eindruck entsteht, als wäre es paradoxerweise die Sprache selbst, die im Weg stünde, als wären es übermäßige Äußerungauswüchse selbst, die Zuhörende auf Abstand halten. Und dabei sagt Heinz Blanz immer wieder: *Verstehn Sie?*

Es ist nicht das, was Heinz Blanz erzählt, das häufig unverständlich bleibt. Auch ist der immer wieder sehr lustige hessische Duktus des Sprechers – *Schlappmaul*, sagt man in Frankfurt – in klanglicher Hinsicht nicht nur reizvoll, sondern auch auf eine seltsame Art einladend, heimelig und trotz seiner brummbärigen Art im Grunde liebenswürdig. Und doch sind seine überbordenden, atemlos vorgetragenen Sprachschübe mitunter so sprunghaft und assoziativ, dass sich die Erzählungen aus seinem *Bananenleben* einer allgemeinverständlichen Kohärenz versperren. Allein seine Sprechart, seine Phrasenbildung und seine Neologismen sind so schrullig und eigen, dass die Ohrenlust angeregt ist, als lauschte man einem Jazzstück – auch wenn es kaum von Bix Beiderbecke stammen könnte, sondern allenfalls von Peter Brötzmann.

Nur einige Wendungen und Worte, die ihm von der Zunge rollen: *Mehr Verdruss wie gut* (für ein Leben bestehend aus mehr Schmerz, als zu ertragen ist) – *die Kehle heißgeschrien* – *Gummibrot* – *Karado* (für Karate) – *eingefuchst* – *Matador mit Futterage* – *glatt wie Honig* – *Wenn die Haltestelle kommt* (für den Tod) – und das für mich alles überstrahlende *Rabbo Tonga*. Verstehn Sie? Nein? Ich auch nicht. Nicht ganz. Was die Worte für mich erst recht reizvoll macht, weil *eine Mangelsituation die Zuneigung zu den Objekten der Leidenschaft verstärkt.*

Rabbo Tonga. Ich lasse mir diese Worte so häufig auf

der Zunge zergehen, führe sie im Mund mit mir beim Gehen durch die Straßen herum, als kaute ich sie weich, wie Captain Beefheart immer wieder *fast and bulbous* sagen und darüber lachen musste. Rabbo Tonga, Rabbo Tonga. Als ich dem Hörspiel zum ersten Mal lauschte, dachte ich, ich hätte mich verhört, hätte etwas falsch verstanden, so wie der Protagonist in Günter Eichs Hörspiel *Das Jahr Lazertis* sicher ist, das sinnfreie Wort *Lazertis* in der Neujahrsnacht durch ein Fenster von der Straße abgehört zu haben, und sich sofort klar war, dass das Wort *alle Geheimnisse löste*, aber gleichzeitig überzeugt war, dass es nicht das richtige Wort war, sondern das abgehörte, das verhörte und falsch verstandene. Rabbo Tonga – der Druckfassung von *Bananen-Heinz* nach heißt es nicht anders, aber keine Übersetzung des im Hessischen wiedergegebenen Transkripts und keine Glossierung erhellte mir jemals ganz diese Wendung. *Mir hawwe Rabbo gemacht, Rabbo Tonga*. Später liefert Heinz Blanz sogar eine Erklärung: *Rabbo heißt handweis, Rabbo Tonga, das is eine Erfindung, die is aufm Fischmarkt in Hamburch erfunden worde, das nennt man Rabbo Tonga, verstehnse mich? Sinalco Rabbo Tonga, handweis gell, wer Hunger hat hierher.*

Als ich das Werk das erste Mal hörte, bin ich anschließend beinahe ein Jahr mit dieser Wendung herumgegangen und habe versucht, sie zu ergründen. Nicht mein Jahr Lazertis, sondern mein Jahr Rabbo Tonga. Ich habe die Worte vor mich hingesprochen, beim Kochen, beim Fahrradfahren, ich habe mir die Worte aufgeschrieben, wieder und wieder, ich habe sie geträumt, ich habe die verschiedensten Menschen nach diesen Worten befragt. Ich habe, ganz anders als es zur Entstehungszeit des Hörspiels möglich war, das Stück angehalten und gegoogelt, »in Anführungszeichen«, es in alle möglichen Suchmaschinen und Übersetzungsmaschinen eingegeben, aber niemals löste es sich ganz auf.

Rabbo ließ sich nach einer Weile aufschlüsseln und verweist auf die sogenannten *Rappo-Verkäufer*, kurz *Rappos*, auf dem Hamburger Fischmarkt. Einer der heute ältesten Marktschreier ist der Aale-Dieter, dessen Spitzname dem Helden von Rors Hörspiel ähnelt. Ich war auf dem richtigen Weg. Dachte ich. Doch seit ich den ersten Teil von Rabbo Tonga aufgeschlüsselt habe, macht mich die Hoffnung, auch den zweiten Teil zu entschlüsseln, beinahe verrückt. Heute affiziert mich *Rabbo Tonga* nur noch viel mehr.

Es ist und bleibt mein Lazertis, mein Odradek, eine Projektionsfläche und Leerstelle für alle möglichen Interpretationen, aber es bleibt unfassbar, ein Geheimnis, ein Loch, in das ich immer wieder einkrieche und mir alles Mögliche darunter vorstelle. *Rabbo Tonga.* Eine Weile war ich so besessen von den Worten, dass ich meinte, sie seien meine blaue Blume, ein mich anziehender und abstoßender Magnet, etwas, von dem ich ganz genau weiß, es besitzt für mich existenzielle, poetische und poetologische Bedeutung, ich könnte eine ganze Poetik daraus entwickeln, auch oder gerade, weil ich nicht weiß, was genau Heinz Blanz darunter verstand, und weil ich es verpasst habe, Ror in unseren Gesprächen danach zu fragen.

Am 17. Februar 2020, dem Todestag meines Vaters, 17 Jahre später und wieder ein Montag, am frühen, kalten, dunklen Abend erfuhr ich, dass mein Freund Ror gestorben war. Und da tat ich in der Nacht, was ich heute tue, wenn ich von ihm träume, ich ging in sein Werk, tauchte ein, als wollte ich darin verschwinden. Wie heute wollte ich damals sofort Worte lesen, die seine Finger berührt hatten, als er sie aufschrieb, ich wollte Klänge hören, die in der längst verschwundenen Lust eines Damals auch in seine Ohren hineinwehten. An jenem Abend hörte ich dieses Stück, *Bananen-Heinz*, aus dem Jahr meiner Geburt, weil mich dieses Hörspiel immer zum Lachen gebracht hat, weil ich noch nicht ins Weinen kommen wollte darüber, dass ich einen Menschen verloren hatte, der mir näherstand als die meisten Personen meines Alters, als viele Menschen meines Lebens.

Und dann musste ich doch weinen, gleich von Anfang an, als ich die Geräusche von Restaurants und Kneipen hörte, die Ror und seinen Bananen-Heinz umgaben, als sie sich an Orten befanden, die schon so lange von der Zeit verschluckt worden waren. Ich weinte, weil in dem Hörspiel nicht ein einziges Mal Ror selbst spricht und er nur der Zuhörer ist, so wie ich es an dem Abend des Tages seines Todes war.

Aber dann kam *Rabbo Tonga*, und mit stechenden Tränen in meinen Augen, mit kalten Tränen auf meinen Wangen, musste ich laut auflachen, und sprach mit: *Mir hawwe Rabbo gemacht, Rabbo Tonga*. Ich bin heute unendlich dankbar, dass diese Worte dem vermeintlich endlosen Web ein Schnippchen schlagen, dass es Geheimnisse gibt, die selbst vor Google sicher sind, dass es Worte gibt, die vielleicht niemals aufzulösen sind, die heute wie ein Loch wirken in der Welt, ein Loch, in das ich hineinspringen und in dem ich mich verkriechen kann, als käme ich heim, selbst wenn dies nur der Fall ist, weil ich dort zum Lachen gebracht werde durch den Menschen, der diese Worte vor dem Verschwinden gerettet hat. *Rabbo Tonga.*

ROR WOLF · ZEITTAFEL

1932, 29. Juni · Geboren in Saalfeld/Thüringen
1939–43 · Volksschule Saalfeld
1943–46 · Internat: Heimschule Wickersdorf
1946–51 · Oberschule Saalfeld
Die Mutter wird wegen des Verstoßes gegen die Kriegswirtschaftsvorschriften 1946 für ein Jahr inhaftiert. Der Vater befindet sich in Kriegsgefangenschaft. Den Haushalt führt eine Angestellte.
Wolfs Leben besteht aus Lesen, Leichtathletik, Jazz, Nahrungsbeschaffung.
1947 · Gründung der Kunst- & Jazz-Gruppe *Styx-Union*
1951 · Abitur
1951–53 · Bauarbeiter: Betonbauer in der DDR; Bewerbungen zum Studium werden abgelehnt.
1953, Juli · Wolf verlässt die DDR. West-Berlin
1953, September–Oktober · Notaufnahmelager Sandbostel, Niedersachsen
1953–54 · Stuttgart. Verschiedene Beschäftigungen: Straßenbauarbeiter, Zeitschriftenvertreter, Druckereihilfsarbeiter, Angestellter einer Werbeagentur
1954, Oktober · Frankfurt am Main: Beginn des Studiums der Literatur, Soziologie und Philosophie, u. a. bei Theodor W. Adorno, Max Horkheimer und Walter Höllerer

Seinen Lebensunterhalt verdient Wolf mit Gelegenheitsarbeiten.

1955 · Wolf hat sich vor Beginn des dritten Semesters – im Auftrag des Hessischen Ministeriums für Erziehung und Volksbildung, Wiesbaden – einer kostenpflichtigen »Nachprüfung für Inhaber von Reifezeugnissen, die in der Sowjetzone erworben wurden« zu unterziehen. (24.–27. Oktober 1955 im Goethe-Realgymnasium, Frankfurt am Main)

1957–1966 · Regelmäßige Veröffentlichungen in der Frankfurter Studentenzeitung *Diskus*: Prosa, Lyrik, Balladen, Bildcollagen, Literatur-, Theater-, Jazz- und Filmkritiken

1958–1959 · Studium in Hamburg

1959 · Heirat mit Erika

1959–61 · Studium und Abschluss in Frankfurt am Main

1959–1963 · Weiterhin Feuilletonredakteur für *Diskus*

1961–1963 · Literaturredakteur beim Hessischen Rundfunk

1963, Juli · Beginn der Arbeit als freier Schriftsteller in Frankfurt am Main

1964 · Veröffentlichung des Debüts *Fortsetzung des Berichts*

1964–1966 · St. Gallen/Schweiz

1965 · Niedersächsischer Förderpreis für junge Künstler, Hannover

Erste Forschungsreise nach New York

1966–68 · Basel/Schweiz

1966/67, Wintersemester · Wiederaufnahme des Studiums an der Universität Basel; keine weiteren Folgen

1967 · Veröffentlichung des Romans *Pilzer und Pelzer*

1968 · Veröffentlichung von *mein famili*, 12 Moritaten mit Bildcollagen des Autors

1968–1969 · Alternierend in Basel und Frankfurt am Main

1969 · *Danke schön. Nichts zu danken. Geschichten*

1970 · Beginn der Hörspielarbeit. Zusammenarbeit mit dem Regisseur Peter Lilienthal, der Robert Walsers Roman *Jakob von Gunten* verfilmt

1970–1971 · Basel/Schweiz

1971 · *Der Chinese am Fenster*, Hörspiel

1971 · *Punkt ist Punkt. Fußball-Spiele*

Eine weitere Aufenthaltsbewilligung für die Schweiz wird nicht erteilt. Rückkehr nach Deutschland

mein famili, Moritaten und Bildcollagen (erweiterte Taschenbuchausgabe)

1971, Oktober–Dezember · Berlin: Stipendiat des Senats für Wissenschaft und Kunst

1972–1973 · Frankfurt am Main

1972 · *Die heiße Luft der Spiele*, Hörspiel

Über Ror Wolf, Materialienband, herausgegeben von Lothar Baier

1973 · *Die überzeugenden Vorteile des Abends*, Hörspiel

1974–1978 · Mainz

1974 · *Die Stunde der Wahrheit*, Hörspiel

1975 · *Keep Out*, Kamerafilm für das ZDF

1976 · *Reise in die Luft in 67 Minuten und 15 Sekunden*, Hörspiel

1976 · Writer in Residence an der University of Warwick/ England

Auf der Suche nach Doktor Q. Hörspiel-Trilogie

Die Gefährlichkeit der großen Ebene. Reise-Roman

1977/78, Wintersemester · Gastdozent an der Gesamthochschule Siegen

1978 · *Oh Ton*, 7 Radio-Collagen, Hörspiel-Serie (entstanden zwischen 1972 und 1978)

1979 · *Die Einsamkeit des Meeresgrunds*, Hörspiel

Córdoba Juni 13 Uhr 45, Hörspiel

1979–1981 · Wiesbaden

1980 · Erscheinung von *Die heiße Luft der Spiele*, Prosa und anderes

1982 · Zornheim-Nord

Das nächste Spiel ist immer das schwerste

1983 · Hessischer Kulturpreis: Förderpreis, Wiesbaden

Stipendium des Deutschen Literaturfonds Darmstadt

Raoul Tranchirers vielseitiger großer Ratschläger für alle Fälle der Welt, mit Bildcollagen des Autors

Collagen-Ausstellung, Ricker'sche Universitätsbuchhandlung, Gießen

1984 · *Bananen-Heinz*, Hörspiel

1985 · *Hans Waldmanns Abenteuer*, sämtliche Moritaten und Balladen, mit Bildcollagen des Autors

Collagen-Ausstellung, Buchhandlung Librium, Baden (Schweiz)

1986 · *Leben und Tod des Kornettisten Bix Beiderbecke aus Nord-Amerika*, Hörspiel

1987 · *Mehrere Männner*, mit Bildcollagen des Autors (geschrieben zwischen 1968 und 1987)

Der Ball ist rund, 2 Radio-Collagen, als Schallplatte erschienen

Collagen-Ausstellung, Literaturarchiv, Sulzbach-Rosenberg

1988 · Hörspielpreis der Kriegsblinden

Marburger Literaturpreis
Stipendium des Senats für Wissenschaft und Kunst Berlin
Raoul Tranchirers Mitteilungen an Ratlose
Ausflug an den vorläufigen Rand der Dinge, mit Bildcollagen des Autors
1989 · *Leben und Tod des Kornettisten Bix Beiderbecke aus Nord-Amerika*, als Hörspielkassette erschienen
Mitglied der Deutschen Akademie für Sprache und Dichtung
Seit 1990 · wohnt Ror Wolf nach 34 Umzügen in Mainz.
1990 · *Das Blinzeln des magischen Auges*, Selbstportrait des Autors als Hörspielmacher
Stipendium des Deutschen Literaturfonds Darmstadt
Raoul Tranchirers Welt- und Wirklichkeitslehre aus dem Reich des Fleisches, der Erde, der Luft, des Wassers und der Gefühle, mit Bildcollagen des Autors
1991 · *Nachrichten aus der bewohnten Welt*. Prosa
Schwarzer Peter, Preis für groteske Literatur, Düsseldorf
1992 · Bremer Literaturpreis
Frankfurter Hörspielpreis
Collagen-Ausstellung, Literaturhaus Frankfurt am Main
Collagen-Ausstellung, Stadtbibliothek Bremen
1996 · Heimito von Doderer-Literaturpreis, Wien
Collagen-Ausstellung, Otto-Rombach-Bücherei, Bietigheim-Bissingen
Collagen-Ausstellung, Künstlerhaus Mousonturm, Frankfurt am Main
1997 · Staatspreis des Landes Rheinland-Pfalz, Mainz
Collagen-Ausstellung, Sommerpalais *Buchillustration & Buchkunst*, Greiz

1998 · Amsterdam-Stipendium des Künstlerhauses Edenkoben

1999 · Collagen-Ausstellung, Carolus Buchhandlung, Frankfurt am Main

2002 · Collagen-Ausstellung: »Im Grunde rechne ich mit allem«, Fruchthalle, Kaiserslautern

Collagen-Ausstellung: »Im Grunde rechne ich mit allem«, Literaturhaus Berlin

Collagen-Ausstellung, Rathaus Mainz

2003 · Großer Literaturpreis der Bayerischen Akademie der Schönen Künste, München

Eugen Viehof-Ehrengabe der Deutschen Schillerstiftung von 1859, Weimar

2004 · Kasseler Literaturpreis für grotesken Humor, Kassel

Collagen-Ausstellung: »RW tranchi(e)rt«, Kassel, Kunsttempel

2006 · Jahrespreis der deutschen Schallplattenkritik, Berlin

2006 · Hörbuch des Jahres, Frankfurt am Main

2007 · Hörspiel des Jahres, Frankfurt am Main

2008 · Friedrich-Hölderlin-Preis der Stadt Bad Homburg

Collagen-Ausstellung, Deutsches Literaturarchiv Marbach

2009 · RWW *Band 1: Im Zustand vergrößerter Ruhe. Die Gedichte*

2009 · RWW *Band 9: Raoul Tranchirers Enzyklopädie für unerschrockene Leser.* Band 2

2010 · RWW *Band 2: Prosa I: Fortsetzung des Berichts*

RWW *Band 3: Prosa II: Pilzer und Pelzer*

2012 · RWW *Band 4: Prosa III: Die Gefährlichkeit der großen Ebene*

RWW *Band 7: Die Einsamkeit des Meeresgrunds. Die Hörspiele*

Die Vorzüge der Dunkelheit. Horrorroman

Collagen-Ausstellung: »Als Sammler von Tatsachen beschreibe ich weiter nichts als die Wirklichkeit«, Goethe-Universität Frankfurt am Main, Fenster zur Stadt

Collagen-Ausstellung: »Danke schön. Nichts zu danken. Ror Wolf und die Jahre mit Unseld«, Deutsches Literaturarchiv Marbach

2014 · *Raoul Tranchirers Notizen aus dem zerschnetzelten Leben*

RWW *Band 5: Prosa IV: Nachrichten aus der bewohnten Welt*

Georg-K.-Glaser-Preis des Landes Rheinland-Pfalz und des SWR, Mainz

2015 · Günter-Eich-Preis der Medienstiftung der Sparkasse, Leipzig

Collagen-Ausstellung: »Spaziergänge in der zerschnetzelten Welt«, Wiesbadener Literaturtage, Kunsthaus Wiesbaden

2016 · Schiller-Gedächtnispreis des Landes Baden-Württemberg, Stuttgart

Collagen-Ausstellung: »Ror Wolfs wunderbare Welten«, Museum Bensheim

2017 · *Die Gedichte*

2018 · Rainer-Malkowski-Preis, München

2019 · *Hans Waldmanns Abenteuer.* Gesamtausgabe

2019 · Collagen-Ausstellung, Kultourdiele, Rudolstadt

2020, 17. Februar · Gestorben in Mainz

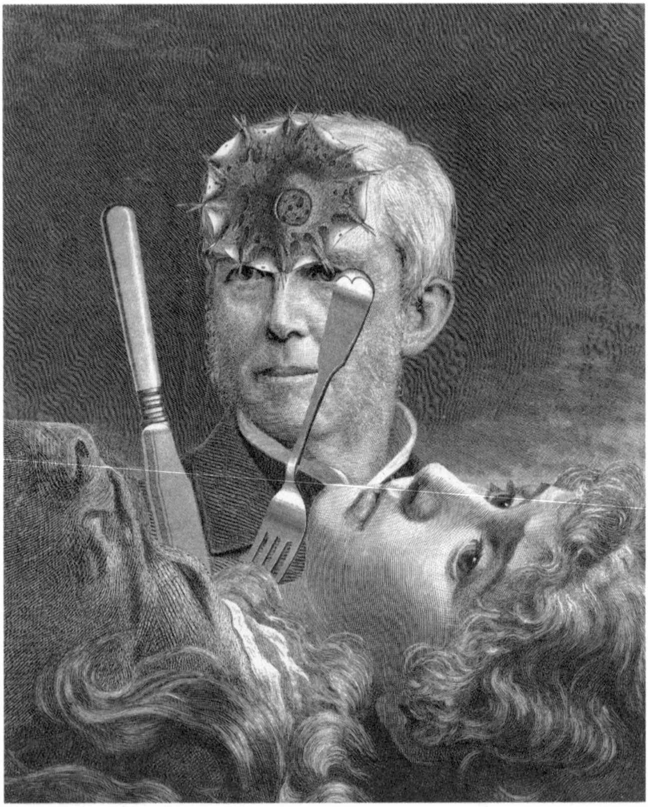

ROR WOLF · BIBLIOGRAFIE

BUCHVERÖFFENTLICHUNGEN

1962 · *Vorzeichen.* Fünf neue deutsche Autoren, eingeführt von Hans Magnus Enzensberger, Suhrkamp
1964 · Fortsetzung des Berichts. Roman, Suhrkamp
1964 · *Das Lexikon der feinen Sitten* (mit Karl Riha), Diskus Verlag
1966 · *Achtung Achtung. serielle manifeste VIII.*, edition galerie press
1967 · *Pilzer und Pelzer.* Roman, Suhrkamp
1968 · *mein famili.* Moritaten und Bildcollagen, Anabas
1969 · *Danke schön. Nichts zu danken. Geschichten*, Suhrkamp
1970 · *Fortsetzung des Berichts.* (Taschenbuchausgabe), Suhrkamp
1971 · *Punkt ist Punkt. Fußball-Spiele*, Suhrkamp
1971 · *mein famili.* Moritaten und Bildcollagen (erweiterte Taschenbuchausgabe), Suhrkamp
1973 · *Punkt ist Punkt. Alte und neue Fußballspiele* (erweiterte Taschenbuchausgabe), Suhrkamp
1973 · *Frau Grau*, Raamin-Presse
1976 · *Auf der Suche nach Doktor Q. Hörspiel-Trilogie*, Suhrkamp
1976 · *Die Gefährlichkeit der großen Ebene.* Reise-Roman und kurze Prosa, Suhrkamp

1978 · *Pilzer und Pelzer* (Neuausgabe), Suhrkamp

1980 · *Die heiße Luft der Spiele*. Prosa und anderes, Suhrkamp

1982 · *Das nächste Spiel ist immer das schwerste*. Sammelband aller veröffentlichten und unveröffentlichten Fußball-Texte, Athenäum

1983 · Enzyklopädie für unerschrockene Leser: Band 1: *Raoul Tranchirers vielseitiger großer Ratschläger für alle Fälle der Welt*. Prosa und Bildcollagen, Anabas

1985 · *Hans Waldmanns Abenteuer*. Sämtliche Moritaten von Raoul Tranchirer mit Collagen des Verfassers, Haffmans

1987 · *Mehrere Männer*. Prosa und Bildcollagen – Luchterhand

1987 · *Der Ball ist rund*. 2 Radio-Collagen (Schallplatte), edition RZ

1988 · *Pilzer und Pelzer* (Neuausgabe mit Bildcollagen), Luchterhand

1988 · *Raoul Tranchirers Mitteilungen an Ratlose*. Prosa, Haffmans

1988 · *Ausflug an den vorläufigen Rand der Dinge*. Prosa 1957–1976 mit Bildcollagen, Luchterhand

1988 · Enzyklopädie für unerschrockene Leser: Band 2: *Raoul Tranchirers Mitteilungen an Ratlose*, Haffmans

1989 · *Leben und Tod des Kornettisten Bix Beiderbecke aus Nord-Amerika* (Hörspielkassette), Klett-Cotta

1990 · *Das nächste Spiel ist immer das schwerste* (Taschenbuchausgabe), Haffmans

1990 · Enzyklopädie für unerschrockene Leser: Band 3: *Raoul Tranchirers Welt- und Wirklichkeitslehre aus dem Reich des Fleisches, der Erde, der Luft, des Wassers und der Gefühle*, Anabas

1991 · *Nachrichten aus der bewohnten Welt*. Frankfurter Verlagsanstalt

1991 · *Nächtliches Aufschreien*, The Bear Press

1992 · *Fortsetzung des Berichts* (Neuausgabe innerhalb der Werkausgabe), Frankfurter Verlagsanstalt

1992 · *Die Gefährlichkeit der großen Ebene* (darin auch *Pilzer und Pelzer*) (Neuausgabe innerhalb der Werkausgabe), Frankfurter Verlagsanstalt

1993 · *Nachrichten aus der bewohnten Welt*, Marvid-Presse

1994 · Enzyklopädie für unerschrockene Leser: Band 4: *Tranchirers letzte Gedanken über die Vermehrung der Lust und des Schreckens*, Anabas

1994 · *Ein Komplott aus Spiel, Spaß und Entsetzen.* Prosa, Lyrik, Collagen, hg. von Karl Riha, Reclam

1994 · *Die weiche Welt der fließenden Tiere*, The Bear Press

1996 · *Aussichten auf neue Erlebnisse. Moritaten, Balladen und andere Gedichte 1957–1996*, Frankfurter Verlagsanstalt

1996 · *Frau Grau*, Rabenpresse

1996 · *Nachrichten aus der bewohnten Welt*, Rabenpresse

1997 · Enzyklopädie für unerschrockene Leser: Band 2: *Raoul Tranchirers Mitteilungen an Ratlose* (erweiterte Neuausgabe), Anabas

1999 · *Die Gewalt des Gesangs in Nevada*, Schöffling & Co

1999 · Enzyklopädie für unerschrockene Leser: Band 1: *Raoul Tranchirers vielseitiger großer Ratschläger für alle Fälle der Welt* (erweiterte Neuausgabe), Schöffling & Co.

2000 · *Ein Unglück im Westen, am 13. Mai*, The Bear Press

2000 · *Leben und Tod des Kornettisten Bix Beiderbecke aus Nord-Amerika. Radio-Reisen.* Hörspiele (darin die CD *Vier Radio-Collagen*), Schöffling & Co.

2002 · Enzyklopädie für unerschrockene Leser: Band 5: *Raoul Tranchirers Enzyklopädie für unerschrockene Leser & ihre überschaubaren Folgen*, Anabas

2003 · *Zwei oder drei Jahre später. Siebenundvierzig Ausschweifungen*, Frankfurter Verlagsanstalt

2005 · Enzyklopädie für unerschrockene Leser: Band 6: *Raoul Tranchirers Bemerkungen über die Stille*, Schöffling & Co.

2005 · *Raoul Tranchirers Taschenkosmos.* Auswahlband, Wagenbach

2006 · *Weder in Schleiz noch an einer anderen Stelle der Welt*, The Bear Press

2006 · *Aufzeichnungen aus dem Archiv der Wirklichkeitsfabrik: Die Grenzen der Vertraulichkeit oder Große Reise in entgegengesetzter Richtung*, Anabas

2007 · *Zwei oder drei Jahre später. Neunundvierzig Ausschweifungen* (erweiterte Neuausgabe), Schöffling & Co.

2007 · *Pfeifers Reisen.* Gedichte, Schöffling & Co.

2008 · *Verschiedene Möglichkeiten, die Ruhe zu verlieren.* Ein Lesebuch, hg. von Brigitte Kronauer, Schöffling & Co.

2008 · *Die Hand*, The Bear Press

2008 · *Ausdehnung*, The Bear Press

2008 · *Aufzeichnungen aus dem Archiv der Wirklichkeitsfabrik: Eine schöne Umgebung oder Neuigkeiten aus dem Gebiet der dunklen Gefühle*, Anabas

2008 · *Aufzeichnungen aus dem Archiv der Wirklichkeitsfabrik: Vor dem Fenster übrigens zu meiner Verwunderung die Abenddämmerung*, Anabas

2009 · RWW *Band 1: Im Zustand vergrößerter Ruhe. Die Gedichte*, Schöffling & Co.

2009 · RWW *Band 9: Raoul Tranchirers Enzyklopädie für unerschrockene Leser.* Band II, Schöffling & Co.

2010 · RWW *Band 2: Prosa I: Fortsetzung des Berichts*, Schöffling & Co.

2010 · RWW *Band 3: Prosa II: Pilzer und Pelzer*, Schöffling & Co.

2010 · *Abneigung*, The Bear Press

2011 · *Die Gefährlichkeit der großen Ebene.* Roman und kurze Prosa (Neuauflage), Schöffling & Co.

2011 · *Aufzeichnungen aus dem Archiv der Wirklichkeitsfabrik: Ungefähr 132 Bewegungen oder Worte aus dem Inneren des Mundes*, Anabas

2012 · *Die Vorzüge der Dunkelheit. Neunundzwanzig Versuche die Welt zu verschlingen.* Horrorroman, Schöffling & Co.

2012 · RWW *Band 4: Prosa III: Die Gefährlichkeit der großen Ebene*, Schöffling & Co.

2012 · RWW *Band 7: Die Einsamkeit des Meeresgrunds. Die Hörspiele*, Schöffling & Co.

2014 · Enzyklopädie für unerschrockene Leser: Band 7: *Raoul Tranchirers Notizen aus dem zerschnetzelten Leben*, Schöffling & Co

2014 · *Collagen*, Edition Romanfabrik

2014 · RWW *Band 5: Prosa IV: Nachrichten aus der bewohnten Welt*, Schöffling & Co.
2015 · *Die plötzlich hereinkriechende Kälte im Dezember*, Schöffling & Co.
2017 · *Die Gedichte*, Schöffling & Co.
2019 · *Hans Waldmanns Abenteuer.* Gesamtausgabe, Schöffling & Co.

HÖRSPIELE

1971 · *Der Chinese am Fenster* (Regie: Raoul Wolfgang Schnell)
1972 · *Die heiße Luft der Spiele* (Regie: Günter Guben/Ror Wolf)
1973 · *Die überzeugenden Vorteile des Abends* (Regie: Heinz Hostnig)
1974 · *Die Stunde der Wahrheit* (Realisation: Horst H. Vollmer/Ror Wolf)
1975 · *Reise in die Luft in 67 Minuten und 15 Sekunden* (Regie: Heinz Hostnig)
1975–1978 · Oh Ton.
7 Radio-Collagen:
Schwierigkeiten beim Umschalten
Rückblick auf große Tage
Merkwürdige Entscheidungen
Der Ball ist rund
Die alten Zeiten sind vorbei
Expertengespräche
Heinz, wie ist deine Ansicht?
(Realisation: Ror Wolf)

1979 · *Die Einsamkeit des Meeresgrunds* (Regie: Peter Lilienthal)
1979 · *Córdoba Juni 13 Uhr 45* (Realisation: Ror Wolf)
1984 · *Bananen-Heinz* (Realisation: Ror Wolf)
1986 · *Leben und Tod des Kornettisten Bix Beiderbecke aus Nord-Amerika* (Regie: Heinz Hostnig)
1990 · *Das Blinzeln des magischen Auges. Selbstportrait des Autors als Hörspielmacher*
1997 · *Die Durchquerung der Tiefe in dreizehn dunklen Kapiteln* (Regie: Hermann Naber)

FILM- UND FERNSEHARBEITEN

1969 · Zusammenarbeit mit Peter Lilienthal am Drehbuch nach Robert Walsers Roman *Jakob von Gunten*
1975 · *Keep Out,* Kamerafilm für das ZDF (Realisation: Ror Wolf)

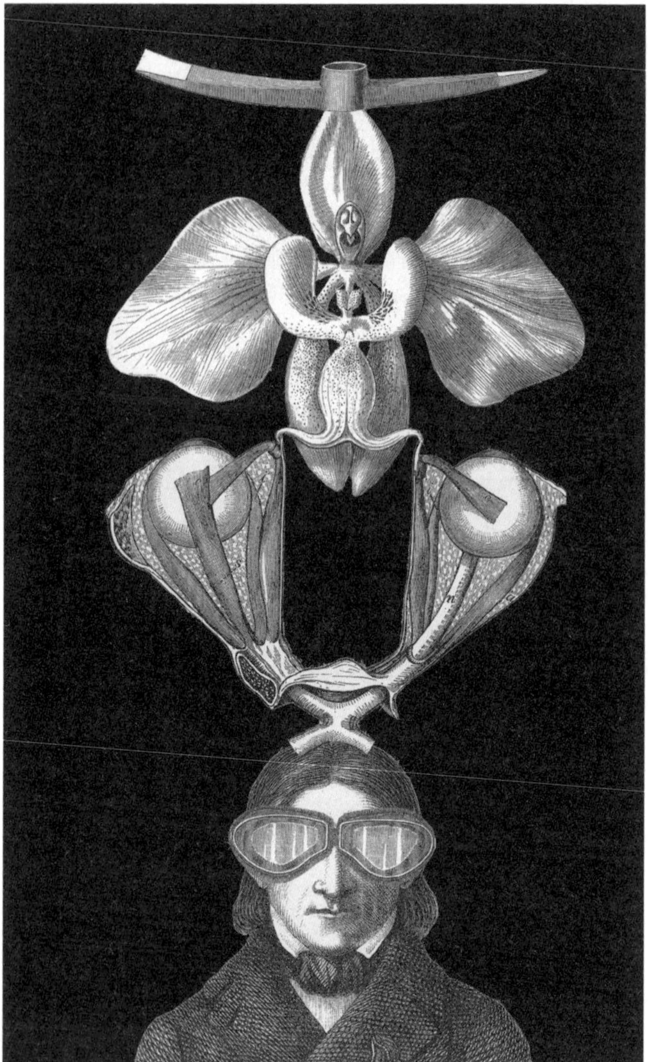

DANKE SCHÖN · NICHTS ZU DANKEN

Ich danke vor allem Michael Hohmann, der mich mit Ror bekannt gemacht hat. Mein großer Dank gilt Erika Wolf, die mir nicht nur jede meiner Fragen zum Werk ihres Mannes beantwortete, sondern vor allem immer bereit war, mich mit Material aus der Wirklichkeitsfabrik zu versorgen. Für hilfreiche Anmerkungen und Ermutigungen danke ich besonders Kai U. Jürgens. Darüber hinaus danke ich Robert Beyer, Michael Lentz, Chantal Löbner, Saskia Matheis, Sara Nasraty, Tobias Rasche und Reto Sorg.

Jan Wilm, geboren 1983, ist Schriftsteller und Übersetzer. Unter anderem übertrug er Werke von Maggie Nelson, Arundhati Roy und Frank B. Wilderson III. 2016 erschien das Buch *The Slow Philosophy of J. M. Coetzee*, 2019 der Roman *Winterjahrbuch*. 2019 gab er im Rahmen der Ror Wolf Werke den Supplementband *Alles andere später. Über Ror Wolf II* heraus. Wilm lebt in Frankfurt am Main.